RAMONA CANNATELLI

AMAMI

excelsior 1881

ISBN 978-88-6158-108-1
PRINTED IN ITALY

Via Lanzone, 2 - 20123 Milano
e-mail: info@excelsior1881.eu
sito web: www.excelsior1881.eu

A Francesco,
sei sempre nel mio cuore.
Spero tu sia fiero di me.

dolore - pain
rendere - to render
conto - calculate / account.
bugie - lie.
battere - to beat , battere il tuo cuore
└ your heartbeat.

Amami e vedrai che sarà tutto più facile.
Amami e capirai che tutto il dolore passerà.
Amami e ti renderai conto che quello che c'è tra di noi non è solo un'illusione.
Amami e crederai in me.
Amami e non ascolterai più bugie.
Amami e vedrai il sole.
Amami e sentirai battere il tuo cuore.
Amami e dimenticherai il tuo passato. to smile
Amami e ti rispetterai. /
Amami e avrai ogni giorno un motivo per sorridere.
Amami e riuscirai a lasciarti andare di nuovo.
Amami e amerai.

Osservare il cielo nella notte.
Cercare me stessa nello spazio vuoto tra due nuvole che non dovrebbero esserci in estate.
Capire chi sono.
In un viaggio dentro me.

1. «L'inizio della fine»

Ricordo bene come avevo perso me stessa.

Abbandonata in un parcheggio fuori Roma.

Alla fine di un concerto durato due ore.

Me la ricordo bene quella giornata.

Era l'ultimo periodo delle scuole superiori. Mentre me ne stavo andando tranquillamente a scuola vidi un cartello pubblicitario. Realizzai subito di cosa si trattava, anche se l'avevo visto di sfuggita mentre guidavo: era il concerto del mio rapper preferito, e io non ne sapevo niente. Sarebbe stato proprio quella sera e con un paio di telefonate riuscii ad avere i biglietti. Naturalmente mi portai dietro una mia amica, e anche il mio ragazzo storico. Ovviamente lui era voluto venire non per la serata ma per tenere a bada me.

Era geloso del rapper, e non contava molto se nemmeno lo conoscevo.

Ricordo il caldo afoso del concerto. Ricordo le parole di quella canzone che mi fecero piangere. Sapevo benissimo cosa stava accadendo. La mia storia d'amore stava per finire, e sentivo il cuore che mi si stringeva sempre di più. Sentivo l'aria mancare... ma quelle parole mi facevano bene. Erano solo canzoni ma facevano bene. Probabilmente c'era sotto qualcosa di commerciale, voluto dall'etichetta discografica, poiché seguivo il rapper in questione da cinque anni e non era nel suo stile scrivere una canzone d'amore. Non era nemmeno nella sua fama. Tutti dicevano di lui che si portava a letto le fan, quelle minorenni e carine. E io avevo visto con i miei occhi qualcosa del genere. Ma chissene frega... quelle parole mi stavano aiutando a lenire un po' il dolore, e quindi i gossip mi interessavano ben poco.

Terminato il concerto giravo in cerca di un bagno con la mia amica.

A un certo punto sentii una mano posarsi sulla mia spalla.

«Ma te la sarai persa almeno una data dei miei live?».

Sentii le guance prendere colore, perché sapevo benissimo chi era: il rapper in questione, che, ammettiamolo, era il mio preferito anche perché era un gran bel ragazzo e aveva più o meno la mia stessa età.

«Ehm... credo di sì. Una... non sono venuta perché avevo l'esame per la patente».

Mi guardò e sorrise... gli occhi brillavano... e io intanto arrossivo sempre di più.

«Allora ti meriti un premio, che dici? Dammi il mio cd che te lo autografo!».

In realtà avevo tutti i suoi cd autografati... ma come dire di no? Non potevo mica fare la scortese...

Scrisse in fretta e se ne andò facendomi un sorriso.

Mi accorsi comunque di non essere sola, ma la mia amica se ne stava con lo sguardo fisso e imbambolato.

«Dài Marta su... è solo un autografo... non hai visto mica un alieno!».

«Dài, dài... fammi vedere come firma... su, daaaaaaaai... voglio vedere».

Aprii il cd e notai una cosa... numeri... non lettere...

«Fedeeeeeeeeeee... ma ti ha lasciato il suo numero!», disse la mia amica con voce stridula.

Non potevo credere ai miei occhi.

Ma il mio ragazzo sì.

Era dietro di me e io non me ne ero nemmeno resa conto. Mi strappò il cd dalle mani gettandolo in terra.

E se ne andò.

Per sempre.

Io e la mia amica ci guardammo disperate. Eravamo bloccate in un paese fuori Roma, di notte e senza nessuno che ci desse un passaggio a casa.

Mi accesi una sigaretta e mi misi seduta a terra.

«Fede, dài... non essere triste. Lo sai bene che lui non fa per te. Sono quattro anni ormai che va avanti 'sta storia. Lo sai come è fatto. Fa sempre scenate, è troppo geloso e, oltretutto, è pure brutto. Cosa ci stai a fare ancora insieme? E non venirmi a raccontare la solita solfa dell'amore perché ormai è roba vecchia. Tutte balle, lo sai anche tu. La verità è che hai paura di stare da sola, ormai è solo abitudine con lui, lo vuoi capire, sì o no?».

Sapevo che quella era la verità... e quella era la sera adatta per ammetterlo.

Sotto le stelle trascorse la notte in attesa di qualche autobus mattutino che ci riportasse a casa.

L'aria estiva mi riempiva i polmoni, le note delle canzoni la testa e lo sguardo del mio ormai ex ragazzo distrusse il mio cuore.

2. «Sopravvivere»

I giorni successivi all'abbandono furono orribili. I pensieri degli anni passati insieme al mio ragazzo erano sempre lì... fermi nella mia mente. Avrei voluto poterli cancellare, fossero stati solo parole scritte su di un foglio sarebbe stato tutto molto semplice. Invece era tutto reale, e io sentivo il vuoto dentro me ogni volta che respiravo. Mi mancava da morire, soprattutto la sera. Non avevo voglia di uscire, tutti i miei amici mi ripetevano che andare un po' in giro mi avrebbe aiutata a non pensare, ma quella non era la mia filosofia. Volevo farcela con le mie forze, dimenticare velocemente tutto quello che era successo. Cancellare quegli anni, accantonarli in un angolo del mio cuore e chiuderli a chiave.

L'orologio appeso alla parete della mia stanza sembrava non funzionare: era fermo. Minuti che sembravano ore, ore che sembravano giorni, giorni che sembravano anni. Era tutto molto più difficile di quanto credessi. E io mi sentivo troppo piccola per affrontare tutto questo.

Non capivo bene cosa fosse l'amore. L'amore dovrebbe essere bello. Non era così. L'amore fa soffrire... troppo. Perché ci vuole così tanto tempo a costruire una storia importante e così poco tempo per distruggerla? Basta un minuto, uno sguardo, una parola... e l'amore scompare.

L'amore dovrebbe essere forte, vincere tutto il resto, essere combattivo ed estremamente testardo. Dovrebbe essere fatto come i palazzi di cemento armato, non come castelli di sabbia. Una folata di vento e scompare tutto... quello che rimane è solo il cuore accartocciato e ferito. Rimane qualche foto, qualche messaggio sul cellulare, qualche lettera, qualche regalo... e il resto se ne va via.

Era trascorsa una settimana e io me ne ero stata chiusa in casa tutto il tempo. Passavo le giornate fumando, ascoltando musica e leggendo... non riuscivo a prestare attenzione a nulla, ogni cosa mi ricordava lui. Fissai la mia immagine riflessa nello specchio: gli occhi rossi e gonfi a causa delle lacrime mi riportarono un barlume di lucidità. Io ero forte, io ero combattiva, io ero bella. Non potevo autodistruggermi così per una persona che non mi amava abbastanza, per qualcuno che voleva farmi del male e che se ne fregava altamente di come stavo.

Ero stata davvero così importante per lui? Bastava così poco per allontanarlo per sempre da me? No, questo decisamente non era amore, era tutta una presa in giro. E io non potevo continuare così.

Presi il cellulare in mano, chiamai la mia migliore amica e decisi che quella sera sarei uscita per svagarmi un po'. Se vivere vuol dire sopravvivere, allora inizierò a farlo. Diventerò più forte del dolore. Me stessa contro il resto.

3. «La notte porta consiglio»

Mentre guidavo per andare a prendere la mia amica, misi nello stereo il cd del rapper. Lui, la causa dei miei problemi... chissà se era stato davvero lui a far crollare tutto. Poco mi importava, dovevo riuscire a non pensare a niente e a godermi un po' quella serata.

Entrando in macchina la mia amica mi salutò tutta contenta:

«Ehi, Fede... allora? Ci divertiamo un po' stasera, eh? Finalmente una serata da single come si deve».

«Marta, falla finita. Non sei affatto divertente. Io esco con te per tirarmi un po' su il morale e tu che fai? Mi ricordi subito che Simone mi ha mollata? Ah, ti ringrazio davvero».

«E su, dài... Fede... non ci ho pensato... allora vediamo un po'... Di che vuoi parlare? Parliamo del tuo rapper preferito che è diventato un tuo spasimante?».

«Ecco, appunto. Senti, è meglio che stasera stai zitta. Piuttosto, dove vogliamo andare?».

«Uffa... ogni cosa che dico non ti va bene. Senti, andiamo a ballare, va'... così almeno se dico qualche altra cavolata non mi senti perché c'è la musica alta. Va bene così?».

«Benissimo... ti ringrazio. Ora mi ricordo perché siamo amiche: la tua stupidità non dura mai più di dieci minuti».

Il locale era così affollato che mancava l'aria. Magari potevo smettere di respirare così: morta in un locale di Roma per asfissia. Almeno sarei morta vestita bene. Era un punto a mio vantaggio.

Un gran caos tutto intorno mi riempiva la testa, la musica techno mi stordiva. Non amavo le discoteche, non amavo quella musica troppo alta, non amavo la gente che frequentava quei posti. Era tutto troppo veloce e finto, tutti troppo ben vestiti per apparire perfetti. Ma perfetti per cosa poi? Per un sabato sera? Per dimostrare chi riusciva ad avere più corteggiatori? I tacchi a spillo delle ragazze erano così lucidi da sembrare un'arma: potevano conficcarsi ovunque, carichi delle smanie di successo accumulate durante tutta la settimana.

Io quella sera mi stavo omologando a tutto ciò, ragazza della Roma bene, vestita con abiti costosi, truccata perfettamente come per un servizio fotografico e con la voglia di buttarmi in mezzo a tutta quella folla e confondermi con essa: diventare parte del sistema per annullare me stessa. Federica sarebbe scomparsa diventando una delle tante, tutte con la minigonna, i tacchi alti e il rossetto rosso.

Vedevo la mia amica con un'espressione felice in volto: lei sì che era una tipa da discoteca. Era nata apposta, per star lì a ballare fino a che, stanca e con le gambe doloranti per i tacchi troppo alti, si sarebbe seduta nel privé accettando un drink offerto da qualche trentenne disperato in cerca di una giovane donna che ci cascasse in pieno. Naturalmente lei non ci cascava mai: si faceva offrire da bere, dava il numero di telefono sbagliato e poi spariva. Funzionava così, e se le chiedevi per quale motivo lo facesse ti rispondeva con un sorrisetto furbo che «I drink costano troppo, io ancora non lavoro e di conseguenza non posso chiedere a mamma e papà i soldi per andarmi a sbronzare il fine settimana».

Nemmeno percorsa metà della pista, facendomi spazio a gomitate, mi sentii tirare la maglietta.

Mi girai e vidi la mia amica con quel sorrisetto stampato in faccia che significava «nonpuoi-capire-cosa-sta-per-succedere».

«Che c'è ora, Marta?», dissi scocciata. Dal suo sguardo capii che non aveva udito nemmeno mezza parola per via della musica troppo alta, così avvicinai la bocca al suo viso e urlai: «Ho detto, che c'è?».

«Guarda, ci sta il dj di Radio Music... ti rendi conto? Eh?».

«L'unica cosa di cui mi rendo conto è che mi stai rovinando la maglietta, falla finita».

«Sai che c'è, Fede? Stai diventando apatica. Ora ti muovi e vieni con me a ballare lassù».

«Ma lassù dove?».

«Dove c'è la console del dj, mi pare ovvio».

«Tu sei pazza, io non mi ci metto lì davanti a tutti a ballare, poi questa musica proprio non fa per me e...».

Purtroppo la mia amica pesava dieci chili più di me e ci mise meno di un attimo a trascinarmi lì sopra e, non avendo nemmeno il tempo di pensare a quello che mi stava succedendo, mi ritrovai a ballare vicino al dj, che mi fece un mezzo sorriso. Cosa aveva da sorridere, poi? Avrà avuto una quarantina d'anni e si ritrovava a lavorare in un posto da ventenni; a quest'ora avrebbe dovuto essere un uomo in carriera e avere moglie e figli a casa. E dovrebbe essere vestito in altro modo per la sua età, così appariva stupido e ancora più vecchio. La maggior parte dei presenti, evidentemente, non la pensava così, dato che continuavano ad applaudirlo e a urlare il suo nome. Forse quella sbagliata ero io, lì dentro. Io ero sbagliata e gli altri erano apposto. Oltretutto i miei tacchi non erano poi così lucidi come quelli delle altre ragazze. C'era una parte in cui il colore nero si era graffiato, probabilmente era accaduto guidando. Gli altri tacchi non erano rovinati per il semplice fatto che i ragazzi andavano a prendere le ragazze a casa. Le donne non dovrebbero guidare per mantenere intatte le loro favolose scarpe.

Mentre ero assorta nei miei pensieri vidi un volto conosciuto tra la folla. Simone, il mio ex. Era visibilmente divertito e, al contrario di me, sembrava essere del tutto a suo agio in quel posto. Gli si avvicinò una ragazza, alta bionda e vestita in modo appariscente. Il trucco eccessivo le regalava un paio di anni in più. Sicuramente i suoi tacchi a spillo erano molto più lucidi dei miei.

Presa dalla gelosia scesi in fretta dal mio palcoscenico provvisorio e gli andai incontro, piazzandomi davanti a lui con aria di sfida.

«Certo che te non perdi proprio tempo eh?», gli urlai in faccia.

Dal momento che non ottenni risposta, ma solo un sorrisetto beffardo, mi voltai e raggiunsi l'uscita.

Appoggiata al muretto fissavo l'insegna blu del locale. La musica assordante era ancora nella mia testa. Una Golf grigia mi passò in fretta davanti, sollevando un po' d'aria.

Una lacrima scese sulla mia guancia. Io non ci credevo proprio più nell'amore. Se a Simone bastavano pochi giorni per dimenticarmi, significava che era tutta una finzione. Oggi ti amo, domani sei fuori dalla mia vita. Oggi sei parte di me, domani non ricorderò nemmeno il tuo nome.

4. «La fine della tortura»

Venerdì mattina.

La sveglia delle sei e mezza suonò in modo diverso, quasi più allegro. Aprii gli occhi e vidi mia madre che mi fissava con un sorriso compiaciuto.

«Svegliati Fede... oggi è il gran giorno... sei agitata?».

«No, ma'... sto apposto», risposi velocemente, sperando che dal mio tono di voce capisse che non avevo voglia di parlare. Soprattutto perché ero sveglia da appena dieci minuti e lei parlava sempre con quella voce troppo alta che, puntualmente, mi faceva venire un mal di testa insopportabile.

«Ma come no? Fede, non fare la dura come al solito. Oggi hai l'esame orale: possibile che non sei emozionata?».

«No, ma', davvero, tutto okay. Ho studiato, non c'è motivo di essere agitati». Risposi chiudendomi dietro la porta del bagno.

Mi vestii e uscii in fretta. Guidai felice fino

alla scuola, e, cosa strana, arrivai anche in anticipo. Le mie tre compagne di classe e di vita da ormai cinque anni erano già lì ad aspettarmi nel parcheggio dell'edificio.

Vanessa mi venne incontro tutta sorridente e mi aprì lo sportello della macchina.

«Ehi, Fede... e così siamo giunte alla fine della tortura, eh?».

«Be', si spera... ma come ti sei vestita? Che devi andare a fare una sfilata di Armani?».

«Si, vabbè... e secondo te se non mi vestivo così come facevo a passarla filosofia con quello stronzo del professore?».

Scoppiai a ridere: era sempre la solita.

Entrammo tutte e quattro nell'aula e i nostri esami andarono alla grande.

L'ultima domanda mi lasciò un po' di stucco, non tanto per il quesito ma perché non sapevo cosa rispondere: «Allora, Treselli, ci dica: cosa farà della sua vita dopo questa tanto sospirata maturità?», chiese il professore di matematica.

Alzai le spalle e sorrisi.

Non lo sapevo ancora cosa fare della mia vita. Proprio non ne avevo idea.

Al contrario sapevo benissimo cosa avrei fatto quella sera: Samantha, la ragazza più corteggiata dell'istituto, aveva organizzato una festa nella sua villa alle porte di Roma per festeggiare la fine della scuola.

Scese dalla macchina, io e le mie amiche ci sentimmo subito fuori posto. Quella casa era troppo grande per noi. Una villa immensa, sicuramente tutti i nostri appartamenti messi assieme non sarebbero bastati per fare la sua.

La festa si svolgeva in giardino dove, ovviamente, c'era anche la piscina.

Samantha ci accolse con un sorriso fintissimo, così perfetto dopo anni e anni passati a studiare recitazione.

«Ciao stupende! Benvenute! Be', che dirvi: fate come se foste a casa vostra!».

«Guarda te 'sta cretina, tanto lo sa pure lei che siamo venute qua solo perché ci stanno tutti... sennò chi se la filava, brutta antipatica che non è altro...», affermò Marta scuotendo i suoi boccoli castani.

«Dài su, Mà, che te frega... mica ce devi diventà amica sua... stamo qua solo pe' passà 'na serata... da domani je poi fa' pure ciao ciao con la manina», intervenne Jessica con la sua solita delicatezza.

La serata andò splendidamente, tra musica,

catering, scherzi e bagno in piscina a mezzanotte. Poi arrivarono le foto, e lì iniziò la tristezza. Soprattutto quando Samantha si fece scattare un milione di foto con il suo ragazzo, naturalmente il più corteggiato della scuola. Marco, il ragazzo perfetto: alto, muscoloso, biondo, occhi verdi e con la zucca vuota. Ma piaceva lo stesso. Soprattutto a Marta, che per cinque anni ci aveva provato incessantemente senza ottenere alcun risultato.

Sedute a terra nel giardino di Samantha io e le mie amiche stavamo in silenzio fumando una sigaretta e bevendo l'ennesimo cocktail.

«E così sono passati cinque anni... sono proprio volati! A me sembra ieri, il primo giorno di scuola... ma come è possibile che il tempo passi così velocemente?».

«Non lo so Vanè... però so' passati. Meno male, così non devo più vede' quello stronzo del prof de mate tutte 'e sante mattine».

Anche se Jessica, la dura del gruppo, faceva finta di niente, sapevamo benissimo che dispiaceva anche a lei. Mentre parlava giocava con il pupazzetto attaccato alle chiavi di casa.

«Be'», aggiunse Marta dopo un lungo e imbarazzante silenzio, «dopotutto non cambierà nulla. Noi resteremo sempre amiche, con l'unica differenza che la mattina rimarremmo a casa a dormire invece di subirci sei ore di pallose lezioni... giusto?».

Ci guardammo sorridenti e ci abbracciamo tutte insieme, prima di alzarci e di tornarcene a casa.

Sì, saremmo rimaste amiche per sempre.

5. «Fotografie»

La sera dopo tutte le mie amiche erano troppo stanche per uscire. Io, invece, avevo declinato l'invito di mia cugina che, allarmata dal fatto che ero stata mollata, voleva a tutti i costi portarmi a cena con lei e il suo ragazzo. Di certo sarei stata peggio osservando loro due insieme. Così rimasi a casa, sola con i miei pensieri. E con una vecchia foto di me e Simone fissa davanti agli occhi.

È incredibile quante cose possa ricordare una fotografia. Gioie, parole, note di canzoni, promesse, bugie, dolori... tutto rinchiuso in un'immagine.

Osservando il tuo volto, esausta per le troppe lacrime versate, mi interrogavo sulla tua vita... chissà come eri adesso, senza di me.

Chissà cosa stavi facendo, chissà se le tue giornate trascorrevano come quelle in cui ero presente anch'io.

Cosa c'era ora al centro del tuo mondo? Cosa ti dava la forza per alzarti ogni mattina?

Amavi di nuovo qualcuna? E se la risposta

era sì, in che modo la amavi? La amavi nello stesso modo in cui avevi amato me? Di più? Di meno? Quando la guardavi negli occhi cosa provavi? Percepivi i battiti del tuo cuore aumentare sempre più?

Parlavi tanto con lei? Sì, proprio come facevamo io e te. Quelle sere passate in macchina con lo stereo acceso, raccontandoci le nostre giornate: tu parlavi del tuo lavoro, che descrivevi sempre troppo noioso; e io della scuola, che non vedevo l'ora di terminare.

Chissà se anche con lei farai dei progetti, come quella notte in cui mi hai regalato quell'anello: io ero arrabbiata con te perché, come al solito, mi trascuravi per i tuoi impegni, ma non riuscii a frenare la mia gioia di fronte a quel semplice ma bellissimo anello. Un gesto che non mi sarei mai aspettata da te, assolutamente contrario alle formalità e ai regali banali.

Eppure vedevo la mia stessa gioia riflessa nei tuoi occhi: la felicità di due persone che si amano.

Dove è finita quella gioia? Dove è finito quel barlume nel tuo sguardo? È passato così poco tempo ed è già tutto svanito, come se quei quattro anni trascorsi insieme fossero stati in realtà solo quattro giorni.

Rimasi immobile a fissare quella foto, aspettando una magia che riportasse tutto alla normalità.

Ma ciò non accadde.

Spensi l'ennesima sigaretta di quella serata, presi la foto e la strappai.

Meglio distruggerli i ricordi che tenerseli davanti agli occhi.

Niente e nessuno potrà ridarmi quella felicità, e la tua immagine saprà solo straziarmi il cuore.

6. «Losing My Religion»

Stazione Termini.

Ore undici di mattina.

Passeggiavo sotto il sole, osservando la gente che camminava. Molti di loro correvano, andavano di fretta, diretti chissà dove. Forse avevano qualcuno che li aspettava a casa, impaziente di rivederli. Forse correvano per il lavoro, che porta via agli uomini troppo tempo. C'è chi vive per gli affetti e chi vive per il lavoro. Io, attualmente, non stavo vivendo per nessuna delle due cose. In realtà avevo l'impressione di non vivere affatto. Ultimamente mi sentivo come distaccata dal mio corpo, osservavo tutto quello che accadeva con estrema freddezza. Che mi si stesse gelando il cuore? Forse era così, e non sarebbe stata nemmeno una brutta cosa: non avrei più provato dolore, non avrei più versato lacrime.

Mi appoggiai a un muro, sospirando: stavo vagando senza meta da due ore. Accesi l'mp3 per ascoltare qualcosa mentre fumavo una sigaretta. Iniziarono le note di «Losing My

Religion» dei R.E.M... questa canzone mi faceva sempre diventare triste, eppure era una delle mie preferite. Iniziai a cantare, noncurante della gente che mi guardava...

Mi si avvicinò una ragazza. Aveva pressappoco la mia età, i capelli tinti di viola e un sorriso stampato sul volto.

Mi si mise accanto e disse:

«Bellissima questa canzone... anche se non è proprio il mio genere. Io vado più per il rap... a te piace?».

«Veramente io ascolto quasi solo quello», risposi sorridendo, «ma ascoltare qualcos'altro ogni tanto fa bene. Variare non nuoce, almeno credo».

«Be', sì... credo che tu abbia ragione. Comunque stasera c'è un live di alcuni miei amici che fanno rap... vuoi venire a sentirli?», mi disse porgendomi il volantino della serata. «Dài, magari ti piacciono. Sempre che non hai altri impegni, s'intende...».

No, non avevo altri impegni. Soprattutto perché le mie amiche erano andate tutte in vacanza con le rispettive famiglie, e io, che non avevo mai avuto una famiglia unita, me ne ero rimasta nella mia calda e bella Roma, facendo avanti e indietro fra casa di mio padre e casa di mia madre.

«Stupendo. Allora ci si vede stasera, ok?».

Quella serata fu stupefacente. Mi accompagnò Lorenzo, mio amico di infanzia, rapper fallito. Voleva fare il rapper da quando aveva dieci anni ma non era mai riuscito a fare nemmeno una rima decente. E non ci sarebbe mai riuscito. Era il tipico ragazzo di sinistra, che trovavi a tutte le manifestazioni scolastiche e che si sfiniva di canne. Ma era un bravo ragazzo e sapeva sempre come farti divertire.

La ragazza dai capelli viola si chiamava Paola ed era veramente simpatica. Era anche fuori di testa... lì dentro conosceva tutti e mi conquistò con il suo modo di fare e di relazionarsi con gli altri... Dio, quanto avrei voluto essere spensierata come lei. Mi contagiò con la sua allegria, e in poco tempo diventammo inseparabili.

7. «Ritrovare me stessa»

Seduta al tavolino di un bar in una notte d'estate cercavo me stessa. Mi chiedevo dove fosse la vera "me", dato che non sapevo più dove trovarla.

Le note di una canzone rap risuonavano in quel posto e c'era gente che mi salutava entusiasta.

Li conoscevo da poco, ma sembravano tutti convinti di conoscermi benissimo.

Forse l'importante era sapere il mio nome, la mia età e con chi me la facessi.

Sì, ero io: quella sempre vestita per bene, che conosceva le persone giuste e che sorrideva sempre. Magari andava bene così, e se andava bene a loro andava benissimo anche a me.

Era circa un mese che facevo quella vita. Uscivo di casa il venerdì, andavo in giro per locali e concerti, bevevo alcol a volontà, fumavo tutta la sera e il lunedì mattina me ne tornavo a casa.

Tutto questo insieme a Paola, naturalmente.

Avevo da poco finito la maturità, il mio ragazzo storico mi aveva lasciata dopo quattro anni e, anche se non lo ammettevo, quello era l'unico modo per non pensarci troppo su.

La mattina seguente realizzai finalmente chi fossi.

Mi svegliai con il solito mal di testa post-alcol in una camera da letto che sicuramente non era la mia. Troppi poster appesi alle pareti, un letto troppo grande con troppa gente sopra e troppo odore di fumo.

Dov'ero? Non lo sapevo.

Chi erano quelle persone nel letto? Non sapevo nemmeno questo.

Mi alzai stordita e uscii dalla camera in cerca di un bagno che trovai insieme a uno specchio grande quasi quanto casa mia. Il trucco colato sul viso, il vestito rosso e i tacchi a spillo... sicuramente non ero più quella di una volta. Non ero quella che indossava i jeans e le scarpe da ginnastica perché andava in moto con il fidanzato. Non ero quella che non si truccava quando andava a cena dai genitori di lui. Non ero quella che dipendeva dall'amore di qualcuno che non se lo meritava. Non ero più io, e non me ne dispiacevo neanche troppo.

La casa in questione era del bassista del gruppo del concerto della sera prima. La mia amica si era innamorata perdutamente di lui anche se lo conosceva da circa una settimana e anche se lui era fidanzato da circa dieci anni. Ogni volta che lo guardavo pensavo che mi ero scelta come amica una che aveva seri problemi mentali. Insomma, lui non era per niente bello, vestiva da trasandato e aveva quindici anni più di lei. Questo aumentava il mio odio verso il genere maschile. Pensavo sempre alla sua povera fidanzata, che ancora credeva a questa baggianata dell'amore... io avevo smesso di crederci, anche perché ero giunta alla conclusione che se credevi troppo nell'amore poi finivi male. Finivi a piangere disperata per un mese intero, finivi per non uscire più e nutrirti solo di cioccolata. Il che non è una cosa positiva. Se ti nutri di cioccolata poi ti escono i brufoli, se ti escono i brufoli vai ancora più in depressione perché ti senti orribile e così finisci per stare in casa altro tempo perché non vuoi sembrare un mostro ed esporti in pubblico.

Avevo dormito ben dieci ore e mi ritrovai a prepararmi un caffè nella cucina di questo tizio. Pensai che la casa era strana quasi quanto lui, c'erano bottiglie di alcol ovunque. Mentre fantasticavo sul rimprovero che avrei espresso all'amica appena fossi riuscita a trascinarla fuori dal letto di quel viscido, sentii un: «Buongiorno cara».

Mi voltai e vidi lui. Il fratello del viscido. Che tutto era tranne che somigliante a suo fratello. Bello, con una bella macchina e con soli dieci anni di differenza da me, ma questo non cambiava niente, poiché era anche lui un individuo di sesso maschile, il che peggiorava decisamente la mia idea su di lui.

«Ho visto che ti sei divertita ieri sera. Ormai sei tipo la valletta del gruppo. E poi sbaglio o lei, signorina, beve un po' troppo alcol per la sua giovane età? Brava eh... Comunque sia, credo che ci siamo già presentati... sono Aldo, ricordi?».

«Dov'è il caffè?» fu la mia risposta. Non avevo voglia di parlare e non avevo voglia di spiegare cosa facessi nella vita. Avevo solo voglia di un caffè, di salire in macchina e di tornarmene a dormire nel mio letto.

«Capito... ci girano le palle stamattina. Il caffè è nello sportello dietro di te. Devo comunque riaccompagnarti a prendere la tua macchina, perché ieri sera stavi troppo ubriaca per guidare. Quindi fai in fretta che poi io lavoro, sai... non faccio sorrisini davanti a un flash. Sono troppo grasso per farlo».

«Ehi, buonino un attimo. E dove l'avrei lasciata la mia macchina?».

«Parcheggiata davanti al locale di ieri sera... e comunque guadagni bene per avere una macchina del genere. Non sarà troppo per te?».

In realtà quella era la macchina del mio ex. Una delle sue tante macchine, in realtà. Mi ero sempre ripromessa di restituirgliela finché non ho sviluppato un odio smisurato nei suoi confronti. Da lì ho capito che avrei dovuto tenermi anche il suo spazzolino da denti. Risarcimento danni... quindi... quella era la mia di macchina, senza troppi problemi.

E dovevo andarmela a riprendere.

Senza rispondere niente girai le spalle, entrai in camera da letto e buttai la mia amica letteralmente a terra, trascinandola per un braccio.

«Dài su, Paola, svegliati... è tardi. Dobbiamo tornare a casa, e, soprattutto, a riprendere la mia macchina... lasciata in qualche posto non so dove».

«Ehi, ehi, ehi... stai buonina un secondo. Non puoi svegliarmi così... ma che modi sono? Ahia, mi fa male la testa...».

«Grazie che ti fa male la testa. Ieri ti sarai scolata un litro di birra e poi non è che te ne sei filata a dormire... chissà che c'hai fatto co' 'sto tizio. Basta, da stasera io non bevo più, almeno posso controllarti e farti evitare certe cazzate».

«Va bene, va bene... un attimo eh... ora andiamo... fammi solo rivestire. E poi smettila con queste prediche. Sembri mia madre».

Mentre tornavamo a casa di Paola ascoltavo i suoi discorsi da adolescente innamorata: non faceva altro che parlarmi del bassista, di come fosse bello e, a suo parere, di come la trattasse da principessa. I miei tentativi di farle capire che in realtà voleva solo usarla per portarsela a letto furono naturalmente vani.

Sedute sul terrazzo di Paola mangiavamo gelato e parlavamo delle nostre storie. Mi raccontò della sua infanzia, vissuta in America con il padre, e parlammo d'amore. Sì, l'amore: quel bel sentimento tanto decantato in film, romanzi e canzoni. Ma questo amore esiste davvero? E soprattutto ci sarà qualcuno a questo mondo capace di amare Federica per come è? Sarà capace di amarla anche senza tacchi a spillo e bei vestiti addosso? Mi amerà per quello che sono?

Paola mise fine alle nostre conversazioni dicendomi che sarei rimasta a casa sua un altro giorno. Quella sera ci sarebbe stato il live del mio rapper preferito, quello che mi aveva lasciato il suo numero e che io, troppo presa dai miei scossoni sentimentali, non avevo mai chiamato.

8. «Per questa notte lasciati andare»

Impiegammo tre ore per prepararci. Tra matita nera messa male sugli occhi e smalto rosso non perfetto sulle unghie divenne tutto molto più difficile.

Il locale era stracolmo di gente. Le pareti piene di poster della serata. Addetti alla sicurezza ovunque.

«Ma allora 'sto qua è proprio famoso... capito il signorino. Con una canzone ha fatto un boato di soldi, prima ce lo filavamo in dieci. Compresa te... giusto?».

Annuii con la testa. E mi stavo vergognando. Sicuramente, se lui mi avesse vista, avrebbe pensato che ero lì perché volevo rivederlo "casualmente", dato che non avevo avuto le palle per chiamarlo. In effetti era così.

Il suo dj mi intravide e mi salutò con un gesto della mano. Poi indicò la sua maglietta con scritto "Do You Want Me?": lo fissai e sorrisi scuotendo il capo.

No, non voglio te. Voglio il tuo amico.

Appena finito il live raggiunsi il dj.

«Uela Fra'... che si dice?», gli dissi mentre l'abbracciavo.

«Niente piccolè... solite cose... te? Uh guarda, sta venendo qua il grande».

«Buonasera», disse il rapper cingendomi la vita.

«Questa confidenza te la prendi troppo spesso e con troppe persone, a mio modesto parere», gli dissi con un sorrisetto malizioso.

Mi tirò per un braccio senza rispondermi e mi trascinò nel suo camerino.

«A mio modesto parere questo non lo faccio con tutte». E mi baciò.

La sua bocca sapeva di marijuana e vodka, ma andava bene lo stesso.

Spense la luce e iniziò a baciarmi il collo, tirandomi giù la spallina del vestito.

Sentivo i brividi percorrermi la schiena, lui... l'uomo che più adoravo sulla faccia della terra mi stava baciando. Colui che tappezzava con le sue foto le pareti della mia stanza aveva le sue mani sopra il mio corpo.

Per un secondo, la Federica ragazza-perbene-che-non-avrebbe-mai-fatto-una-cosa-del-genere, tornò nel mio corpo.

«Ehi, aspetta un attimo», sussurrai, «io non so se...».

Mi mise una mano sulla bocca rispondendomi che per quella notte avrei dovuto lasciarmi andare.

Sì, aveva ragione. In fondo quando mi sarebbe capitata di nuovo una cosa del genere?

Quante ragazze avrebbero voluto essere al mio posto?

Non potevo permettermi di dire di no.

In pochi minuti fu dentro di me, sentivo i suoi muscoli tesi che facevano pressione sul mio corpo esile. Una goccia di sudore gli scendeva dalla fronte, rendendo luccicante il suo volto. Venne dentro di me, con un sospiro di piacere.

Mi misi di fianco vicino a lui. Magari si sarebbe innamorato di me... chissà. Sono una bella ragazza, simpatica e intelligente... per quale motivo non sarebbe potuto accadere?

Mi stampò un bacio sulla fronte e mi disse:

«Baby, vatti a rivestire... il bagno è lì in fondo».

Mi ricomposi in fretta, impaziente di tornare da lui. Volevo sapere molte cose, chissà se la sua vita privata era proprio come me la immaginavo io e come la descrivevano nelle interviste e nelle recensioni.

Tornai nell'altra stanza con un sorriso e non sapendo cosa dire lo fissai in attesa di qualche sua parola, ma quello che mi disse non era proprio quello che mi aspettavo e che speravo di udire.

«Senti baby, s'è fatto tardi... io domani devo prendere un aereo molto presto... e poi hai lasciato di là la tua amica da sola... ci risentiamo, okay? Tanto il tuo numero ce l'ho».

Uscii silenziosamente e mentre me ne stavo andando vidi una ragazza (probabilmente minorenne e con un vestito che le copriva al massimo il dieci per cento del corpo) che entrava nel camerino. Sicuramente per lei non era la prima volta, dato che sapeva benissimo da che parte andare.

Disgustata accelerai il passo dicendo ad alta voce: «No, coglione, che non ce l'hai il mio numero».

Come pensavo, trovai Paola ad aspettarmi sulle scale fuori dal locale.

«Allora signorina... cosa facciamo? Una sera io e una sera tu? Vedi che non me le devi fare le lamentele ogni volta, fai lo stesso anche tu. Lo sapevo, ti sto portando sulla cattiva strada».

«Paola, non ho voglia di parlare... possiamo tornare a casa e andare a dormire, per favore?».

Posai la testa sul cuscino. Mille pensieri sorvolarono la mia mente. Sì, dovevo lasciarmi amare. Ma quello non era amore, e nemmeno affetto. Era solo sesso. E squallido. Mi sentivo usata. Ma come potevo biasimarmi? Come potevo dare la colpa a lui? La colpa era mia, solo mia. Mi ero forse illusa di far innamorare qualcuno di me con una scopata? No, non funzionava così, e io lo sapevo benissimo fin dal principio.

Pensai alla mia vita, tranquilla e per bene fino a pochi mesi prima. Ora era tutto un completo caos... non c'erano regole, solo feste, alcol e ragazzi occasionali. Come potevo riportarla alla normalità? Non potevo, non c'era soluzione. Simone non mi amava più e io non avevo più amore per me stessa.

Voltai la testa e vidi Paola addormentata con un sorriso: forse dovevo solo adeguarmi a questo stile di vita e sarei stata felice come lei.

Avevo solo bisogno di tempo.

E così, addormentandomi, lasciai volare i miei pensieri e le mie speranze in una notte d'estate.

9. «Confessioni»

La mattina seguente tornai a casa. Durante il tragitto in macchina cantai. Ero felice. Me ne stavo tornando nel mio quartiere, dalle mie amiche di sempre, lasciandomi alle spalle quello che era successo la sera prima.

Jessica mi aspettava al solito bar. Quel posto aveva condiviso con noi gioie, lacrime, pettegolezzi e tutte le cose che un'amicizia comporta. Mi sembrava di non vedere Jessica da troppo tempo e così la sommersi di domande: cosa aveva fatto, se era andata a fare shopping anche senza di me e se aveva trovato un fidanzato. Non rispose nemmeno a una delle mie domande e le si oscurò lo sguardo. I suoi occhi verdi diventarono lucidi, ma lei era troppo orgogliosa per far scendere una lacrima. Lei era Jessica, la ragazza che non temeva niente, bella, arrogante e sicura di sé. Quell'espressione sul suo viso mi era completamente nuova.

«Fede, mi sa che ho combinato un bel casino...».

«Che è successo? Tuo padre ti ha bloccato di nuovo la carta di credito? No, aspetta... ti ha sequestrato di nuovo la macchina...».

«No, no frena... magari fosse così semplice...».

«Dài Je, racconta...».

«Non so... io non...».

«Je, ma se non ti fidi di me, che sono una delle tue migliori amiche...».

«Ma no, Fede, non è questione di fiducia... è che stavolta l'ho proprio fatta grossa...».

«Posso aiutarti? Problemi con i tuoi? Con le altre? Hai litigato con qualcuna?».

«No Fè... so' incinta».

Quella parola mi si sparò dritta nel cuore, il suo eco si propagò in fretta nella mia testa.

«Ma come? E di chi? Tu non ce l'hai un fidanzato, non ce l'hai mai avuto...».

«Eh, grazie tante. Questo lo sapevo pure io. Il problema è proprio chi è il padre. È questo il gran casino».

«E posso sapere chi è?».

«Eolisi...».

«Il professore di italiano? Il nostro professore di italiano?».

«Fede lo so... so' stata 'na cretina. Ma mo' che ce posso fa'? Me la so' proprio cercata... 'sta storia dura da circa n'annetto ma non ve l'ho mai detto... e come cavolo facevo a divvelo? Porca miseria... de chi me dovevo innamorà io? De un quarantenne co' a casa moglie e figli... oddio Fede... e mo' che faccio?».

«Ma c'hai parlato con lui?».

«Certo che c'ho parlato. M'ha detto che de me non je frega n'accidenti, che devo scompari' dalla vita sua e che non me devo azzardà a tene' 'sto bambino. Te rendi conto?».

«Che stronzo...».

«Fede, io so incinta de tre mesi già... il bambino me lo tengo. Ce la devo fa' pure senza de lui... oddio, e chi je lo dice mo' ai miei...».

«Dài ti ci accompagno io, gli parliamo insieme...».

«Quelli se ne stanno in Sardegna per un mese...».

«E allora chiamali...».

«Sì, come no. Pronto, ma'... come stai? Io tutto bene... lo sai che quando torni dalla vacanza oltre all'abbronzatura diventi pure nonna?».

«Hai ragione... va be' dài... allora questa cosa si affronterà più in là. Vuoi venire da me per un po'?».

«No, grazie... preferisco starmene da sola... però stasera stiamo insieme? Magari ci vediamo un film da me perché di uscire proprio non me la sento...».

«Certo...».

Mi strinse la mano e mi sorrise.

Eh sì, era proprio un bel casino.

Jessica, la persona che faceva sempre tardi la sera, che si ubriacava alle feste, che spendeva talmente per i vestiti da definirsi "malata e compulsiva", che aveva ballato nuda sul tavolo di un pub la sera del mio diciottesimo compleanno, che voleva distruggere la macchina di Simone quando mi aveva lasciata, stava per diventare mamma.

La vita è proprio strana. Io avevo perso me stessa e Jessica stava affrontando una cosa troppo grande per la sua giovane età. Ero preoccupata per lei: ce l'avrebbe fatta? Sarebbe stata pronta per tutto questo?

E io, io... io che fine avrei fatto? Cosa sarebbe stato di me e del mio cuore distrutto?

Ecco quello che pensavo, mentre guardavo un film abbracciata alla mia amica... e piangevamo tutte e due... lacrime... per due persone che non sanno come sarà il loro domani.

10. «Addii»

Passarono due giorni. Li trascorsi quasi in simbiosi con Jessica, e arrivata a un certo punto non riuscivo a capire se era lei che aveva bisogno di me oppure il contrario. Mi raccontò tutta la sua storia e mi stupii di non essermi mai accorta di nulla. Io invece le raccontai delle mie serate, dei concerti, di Paola, ma non accennai minimamente al rapper, impaurita di come mi avrebbe giudicata. Quella sera ci saremo riviste tutte insieme, come ai vecchi tempi. Avevamo organizzato una bella passeggiata a via Del Corso, evitando così di spendere i soldi trovando i negozi chiusi. Come disse Jessica ridendo «Meglio prevenire che curare!», ma poi si toccò la pancia e disse tristemente che magari doveva pensarci prima, anche per evitare certe cose, che sono sicuramente molto più gravi che finire la paghetta settimanale lo stesso giorno in cui l'aveva ricevuta.

Via Del Corso è sempre stupenda. Puoi passeggiare e sentire Roma che ti si chiude intorno. Tutti quegli stupendi negozi, quasi tutti troppo costosi, e tutte quelle vetrine colorate... paesaggio mutevole che ti incanta gli occhi... ti passano davanti scene di film, ricordi di giornate d'estate, mattinate passate nei negozi invece che sui banchi di scuola e passeggiate romantiche nelle sere di San Valentino.

Giunte a Piazza di Spagna iniziammo a correre come al nostro solito, per vedere chi si riusciva a mettere seduta per prima sulla gradinata. Chi rimaneva in piedi per ultima pagava a tutte un frappè. Marta rimase in piedi osservandoci dall'alto...

«E Marta offre il frappèèèèèè"», iniziò a cantare Vanessa.

«Tanto oggi ve lo avrei offerto comunque...».

«Ullallà... E Marta ha fatto i soldi...».

«No raga'. Domani parto».

«N'artra volta? E quante vacanze te voi fa' ahò... vabbè che sei uscita co' novantatré dalla maturità ma mo' dacce un tajo... basta festeggiamenti!».

Marta si inginocchiò davanti a noi e si tolse gli occhiali da sole.

«No, mio padre ha ricevuto un'offerta di lavoro per un'importante azienda in Francia. Noi andiamo con lui. Io, mia madre e mia sorella, s'intende».

«E per quanto?», le domandò preoccupata Jessica.

«Per sempre», rispose con un filo di voce.

Non riuscivo a pronunciare nemmeno una parola. Era troppo dolore. Jessica e Vanessa erano sicuramente mie amiche, ma Marta era la mia migliore amica. La conoscevo dall'asilo... non potevo fare a meno di lei. Avrei voluto urlarle di rimanere, che avevo bisogno di averla vicino, che era parte di me, ma non lo feci. Rimasi in silenzio a fissare la boutique davanti a me.

Nessuna di noi disse niente. Restammo tutte ferme e in silenzio. Marta si alzò lentamente e se ne andò verso la metro, anche lei troppo triste per aggiungere altre parole.

Tornata a casa mi accucciai nel letto. Ci eravamo dette che nulla sarebbe cambiato. Che eravamo una squadra e che sarebbe stato sempre così. Invece stava accadendo tutto il contrario. Marta se ne andava, Jessica stava per avere un bambino, Vanessa a quanto pare preferiva trascorrere più tempo con il suo nuovo fidanzato che con noi e io... io non ero più la stessa. La vecchia Federica sarebbe stata vicina a Marta implorandola di non andare via mentre versava fiumi di lacrime. Ora la nuova

Federica se ne stava con le braccia conserte aspettando che arrivasse la mattina seguente, quando la sua migliore amica se ne sarebbe andata per sempre.

Volevo dirle molte cose, ma non ne avevo il coraggio: allora presi carta e penna e iniziai a scriverle una lettera.

Marta, bambina con le trecce che le cadevano lungo le spalle. Bambina che ho conosciuto quando avevamo quattro anni... sei la persona con cui ho condiviso tutta la mia vita. Poi un giorno accade che te ne vai... così all'improvviso. Siamo tutte un po' cambiate da quando è finita la scuola, ma siamo sempre unite. E ora te ne vai lasciandomi qui, in balia di tutto quello che sta accadendo in questo periodo. Con chi mi sfogherò da domani? Chi chiamerò alle tre del mattino quando litigherò con il mio nuovo fidanzato (ammesso che ne trovi uno)? Con chi andrò a vedere i film strappalacrime al cinema? Con chi prenderò in giro Vanessa?

Oh, mi mancherai tanto, tesoro, e mi dispiace immensamente di non essere riuscita a dirtelo a voce.

Sappi che rimarrai sempre nel mio cuore e che quando avrai bisogno di me ci sarò sempre.

Ti voglio bene. Fede.

Misi la lettera nella cassetta della posta.

Le due di mattina, il tempo passava e a me sembrava sempre più di non vivere... stava accadendo tutto troppo in fretta e io non riuscivo a farmene una ragione.

11. «Fast Relationships»

Marta non mi chiamò, e io non chiamai lei. Uscii di casa solo dopo essermi accertata che fosse partita: non volevo incontrarla, avrei sofferto troppo. Decisi di tornarmene a casa di Paola per qualche altro giorno in modo da allontanare quella tristezza anche se sapevo benissimo che me la sarei portata ugualmente dentro, sarebbe rimasta silenziosa in un angolo del mio cuore. Speravo solo che sarebbe rimasta ferma lì, almeno per qualche ora.

Quella sera andai a un altro concerto. Stranamente non c'era molta gente, forse a causa di un temporale improvviso. Paola mi presentò un suo amico, anche lui un rapper. Ma lui non era famoso, non ancora almeno. Rimasi incantata appena incrociai il suo sguardo. Era bellissimo: aveva dei grandi occhi azzurri e un volto che esprimeva dolcezza.

Parlammo a lungo di musica e poi di noi. Della sua vita, della mia vita... la sua era molto più perfetta della mia. Viveva a San Pietro, i suoi genitori erano entrambi avvocati e la sua famiglia andava d'amore e d'accordo...

insomma la sua esistenza era l'esatto opposto della mia.

A fine concerto ci ritrovammo seduti sulla spiaggia e le parole si trasformarono rapidamente in baci, i baci velocemente in qualcos'altro.

Solo mentre ci stavamo salutando ricordai che non sapevo il suo nome. Ma era davvero così importante sapere come si chiamava? Faceva qualche differenza? No. Lasciai morire quella mia riflessione, non mi importava assolutamente. Quando lo dissi a Paola scoppiò a ridere.

«Federica dal cuore di ghiaccio... tra un paio di mesi riuscirai a cambiare il ragazzo con la facilità con cui ti cambi d'abito», fu la sua risposta.

E allora? Cosa c'era di male? Simone era riuscito a cancellarmi in un attimo e io potevo benissimo non far entrare minimamente i sentimenti nelle mie relazioni... così avrei evitato di star male. Mi sarei lasciata amare per qualche ora e poi sarei fuggita in fretta. Così sarebbe stato tutto molto più semplice, niente sentimenti e niente impegni... andava benissimo così.

Paola intanto era sempre più innamorata del bassista. La sua, ovviamente, non era una relazione priva di implicazioni sentimentali, almeno da parte sua.

Lui continuava a fare lo stupido con ogni persona di sesso femminile con cui parlava per più di cinque minuti e lei tendeva ogni volta a scusarlo.

«Quello è il suo carattere, scherza con tutte ma alla fine sta sempre con me, lui vuole me, capisci Fede?».

«No, Paola, non è così. Se ti amasse veramente starebbe con te sempre, non solo dopo uno stupido concerto. Starebbe con te e non con la sua ragazza. Tu sei solo un passatempo per lui, un diversivo... lo capisci questo? Devi fartene una ragione: lui non diventerà mai il tuo ragazzo».

«Questo lo dici tu. Io, che me la sto vivendo questa storia, la vedo sotto un altro punto di vista».

«Appunto, io che vedo la situazione dall'esterno sono molto più obiettiva di te. Tu sei innamorata, è logico che tendi a perdonarlo».

«Io non devo perdonargli niente, non fa nulla di sbagliato».

Tutti i miei tentativi di salvare il cuore della mia amica prima che si rompesse in mille pezzi furono vani.

La mattina seguente Paola mi piazzò sotto gli occhi un giornale scandalistico. C'era un'intervista a una nota soubrette che decantava l'amore per il suo nuovo fidanzato: il mio rapper.

Avrei dovuto provare rabbia, gelosia... invece non provai nulla. Questo mi fece paura. Forse era vero: il mio cuore stava davvero diventando di ghiaccio... e se avessi incontrato il vero amore? Non avrei provato nulla nemmeno a quel punto?

Invece di tormentarmi con quei quesiti inutili presi il cellulare e feci il numero del rapper.

«Pronto?».

«Ehi... ciao».

«Chi sei, scusa?».

«Federica...».

«Ehi baby. Come te la passi?».

«Tutto bene, grazie».

«Sono a Roma stasera, sai?».

«Quindi ci vediamo?».

«Okay... ti do l'indirizzo dell'albergo... magari passa da me».

Tornai a letto e mi rialzai solo quando fu l'ora di prepararmi.

Paola mi guardava divertita...

«Ma certo che sei proprio un casino tu... quello si fidanza e tu che fai? Lo chiami per uscire... e poi sono io quella che si fa usare...».

«Pa', ci sta una bella differenza... tu sei innamorata, a me non me ne frega nulla di lui... almeno non più...».

Le stampai un bacio sulla guancia e me ne andai.

I miei tacchi a spillo di dieci centimetri risuonavano sul marmo della hall dell'hotel. Il pavimento era così lucido da potermici specchiare... guardai la mia immagine. Ero bella, troppo. Ostentavo la mia bellezza mettendo in risalto il mio corpo, quasi per nascondere tutto il resto di me: l'intelligenza, il carisma, la simpatia non erano poi così importanti quando dovevi usare solo il tuo corpo. O meglio, erano inutili. Anche i miei tacchi a spillo erano perfetti, perfetti e lucidi, proprio come quelli delle altre ragazze quella sera in discoteca. Anzi, erano molto più lucidi di tutti gli altri.

Stanza 201. Bussai alla porta e dopo aver aspettato cinque minuti mi aprì. Sì, era proprio un bel ragazzo... ma non così bello da farmi perdere la testa... era più l'immagine che mi ero costruita di lui prima di conoscerlo che mi spingeva ad avere una relazione con lui. Se lo avessi conosciuto per strada probabilmente non avrei mai accettato di uscirci insieme e, tantomeno, di passarci la notte.

Come previsto c'era alcol in abbondanza… presi una birra e me la finii in cinque minuti.

Spensi la luce e lo feci sdraiare sul letto…

Era evidentemente sorpreso dalla mia sicurezza tanto da arrendersi a me.

Mi tolsi il vestito ma tenni indosso i tacchi a spillo: quelli erano il simbolo della mia forza interiore, la mia rivincita sul genere maschile.

Nemmeno una parola quella notte.

Andammo a letto insieme, presi un'altra birra, mi rivestii in fretta e poi uscii sbattendo rumorosamente la porta alle mie spalle.

Chiusi la portiera della mia macchina. Sdraiai il sedile e iniziai a sorseggiare la birra e a fumare una sigaretta. La notte era scesa su Roma da un bel po', ma c'erano ancora tante persone che camminavano per le vie di quel bel quartiere di lusso. Erano per lo più giovani coppie di innamorati, che si stringevano così forte da sembrare un'unica entità impenetrabile. A loro non mancava nulla… a loro bastava amare. Io invece non volevo più amare, non lo sentivo più quel bisogno di appartenere a qualcuno... io ero di me stessa e basta. Potevo amarmi io, potevo amare Federica: la Federica simpatica, fedele, intelligente, sarcastica e con il cuore grande che nessun uomo avrebbe mai più conosciuto. L'amore che mi sarei regalata sarebbe stato molto più sincero di quello che poteva darmi un'altra persona. Io non mi sarei mai fatta del male, al contrario della sofferenza che ti provoca quello stupido, stupido, bugiardo amore.

Paola era perfetta. Lei sì che sapeva come gestirla la sua vita. La sua esuberanza lottava con la sua semplicità. Riusciva ad apparire sempre come voleva. Non come me, che ogni volta che osservavo la mia immagine riflessa in uno specchio trovavo minuscoli difetti. Chissà se quei difetti c'erano veramente e li vedevano anche gli altri, o se erano solo frutto della mia mente. Forse ero troppo rigida con me stessa, forse il mio inconscio mi stava punendo per non essere riuscita a farmi amare abbastanza da Simone. Aveva sbagliato lui o avevo sbagliato io nella nostra relazione? Di chi era la colpa? Si può attribuire a qualcuna delle parti la colpa per la fine di un amore? Magari ero troppo giovane per amare... o forse nella mia vita avevo già amato abbastanza e il mio cuore stanco aveva implorato "Basta!"..., forse non voleva più amare. Forse c'è una dose di amore, una quantità, che ognuno di noi può dare e ricevere... arrivati a un certo punto tutto il meccanismo si blocca e i sentimenti non vengono più fuori. Non si creano più. Tutte le cose ti attraversano senza lasciarti nulla, solo episodi fatti di sesso e di parole, di sentimenti nessuna traccia, come quando cammini sulla sabbia e le onde del mare cancellano le tue orme. Il mio cuore chiuso ermeticamente così da sembrare ancora più prezioso, chi offre di più? Chi offre di più per me? Non voglio svendermi... voglio che tu, che vorresti comprare il mio cuore, offra un prezzo alto.

Paola è felice nella sua relazione. Anche se l'amore c'è ovviamente solo da parte sua, a lei va bene così. Riesce ad amare senza pretendere nulla in cambio. Non vuole ricevere, vuole solo dare... dare tutta se stessa a quell'uomo che la guarda con i suoi occhi duri e sempre drogati... lei è felice quando lui la osserva durante un concerto. Dice di essere sicura che alcune canzoni siano dedicate a lei. Probabilmente questa cosa la pensa anche la ragazza del bassista, sempre presente a tutti i live e che siede sempre davanti a noi, ignara di tutta la situazione. Paola dice che lei non lo ama quanto dovrebbe. Solo Paola sa amarlo così bene. Sciocchezze anche queste. Se non lo amasse così bene non starebbero insieme da così tanti anni. Ma questo Paola non lo considera, Paola è felice così. È felice nella menzogna e nei suoi castelli in aria, nella sua favola d'amore che non vedrà mai un "vissero felici e contenti". Nemmeno io, forse, vedrò mai scritto un "Vissero felici e contenti" in una mia storia d'amore, ma almeno non vivrò illudendomi di qualcosa che non esiste. Eppure, continuo a chiedermi perché lei sia felice e io no. Perché la felicità tocca a lei che sta vivendo una storia completamente sbagliata, e non a me che, inconsciamente, sto cercando l'amore? L'amore quello vero, fatto di sguardi e di poche parole, di eterni abbracci e di minuti preziosi. L'amore senza compromessi...

Alla televisione passano il nuovo video del mio rapper. Circondato da mille ragazze. Con i tacchi a spillo lucidissimi.

12. «Specchio delle mie brame»

Improvvisamente iniziai ad amarmi.

Improvvisamente iniziai ad amare la mia immagine.

La mia figura slanciata davanti allo specchio. Magnetica, a dir poco perfetta. Mi sentivo così ogni volta che dovevo andare a letto con qualcuno. Magnetica e perfetta. Il vestito stretto e cortissimo calzava a pennello sul mio esile corpo di 45 chilogrammi. Fasciava il mio corpo esaltando le poche forme che avevo. Il nero del vestito era nettamente in contrasto con la mia pelle chiarissima, e il rossetto rosso ne esaltava ancora di più la differenza. Rosso acceso. Rosso rubino che focalizzava l'attenzione non sui miei occhi scuri e spenti, ma sulle labbra carnose. I capelli neri e lunghi scendevano dritti e composti sulle mie esili spalle. Troppo neri, neri come la notte in cui si svolgeva la mia vita...

Sorridevo davanti a quello specchio, sorridevo soddisfatta: avevo gli uomini ai miei piedi, sotto i miei tacchi a spillo che a ogni amplesso diventavano sempre più lucidi. Quei tacchi a spillo tenevano su le mie caviglie. Su una c'era il tatuaggio che aveva segnato indelebilmente non solo la mia pelle, ma anche il mio cuore. Ricordo di un giorno di settembre passato con Simone da un tatuatore. Avevo odiato quel tatuaggio immediatamente: troppo brutto sul mio corpo. L'avevo odiato ancora di più quando Simone mi aveva lasciata. Non significava più amore eterno, ma odio implacabile. Eppure ora lo osservavo nel mio riflesso: vieni con me Simone, ti porterò a vedere come mi hai ridotta. Da letto a letto, da amante ad amante, in una notte o in un'altra... guarda come mi hai ridotta. Fa male ora vedermi così? Io che mi ero concessa solo a te, adesso appartengo a tutti e a nessuno nello stesso tempo. Voglio essere amata solo per un'ora... un'ora e poi sparisci dalla mia vita senza lasciare nessuna traccia.

Il rapper mi aspettava in un altro albergo, sempre di lusso, sempre con i pavimenti in marmo. Nell'ascensore osservai ancora la mia immagine. Sempre più luminosa, quasi accecante. Un paio di camerieri mi guardavano insistentemente. Potete guardarmi, ma io non sarò mai vostra. Voi non potrete amarmi nemmeno per quei sessanta minuti. Non sei un rapper e non sei famoso, non hai i soldi e non sei nessuno. Non invadere la mia vita, non pretendere da me nemmeno uno sguardo.

Anche quella notte passò veloce, lasciandomi dentro quel senso di solitudine che provavo ogni volta.

13. «Flashback»

Domenica mattina.

Il sole filtrava timidamente attraverso la finestra semioscurata dalle tende color avorio.

Le coperte erano fresche e profumavano di muschio bianco, della mia pelle e di quella di Simone.

Aprii lentamente gli occhi.

Simone giocava con una ciocca dei miei capelli, arrotolandola sull'indice della mano destra.

Mi voltai su un fianco, nascondendo il volto ancora troppo assonnato nel suo petto.

«Buongiorno principessa. Non ci vogliamo svegliare stamattina?», mi sussurrò dolcemente nell'orecchio.

«Ancora un po'...», risposi abbracciandolo. Passai la mia mano sulla sua schiena toccando con le dita il grande tatuaggio che ne occupava gran parte.

Mi sentivo protetta tra le sue braccia forti. Tutto quello che c'era fuori da quella camera da letto non mi interessava, almeno per quella mattina.

Girai leggermente la testa verso sinistra e osservai la grande parete ricoperta di foto: Simone e la sua passione per le moto, Simone e il suo sport, io e Simone... noi due, cresciuti insieme, da poco più che bambini fino a quasi adulti. Alcune volte pensavo che lui fosse la mia perfetta metà, era lui che mi conosceva meglio di tutti. Quel rapporto mi sembrava persino troppo simbiotico.

Una mia foto di quando avevo quindici anni mi fissava sorridente: avevo ancora lo stesso sorriso.

Oggi è domenica, di quasi un anno dopo.

Il sole entra violento nella stanza, il corpo sdraiato vicino a me non mi trasmette nessuna emozione e l'unica cosa che desidero in questo momento è andarmene alla svelta, prima che si svegli anche lui.

Il rapper non giocherebbe mai con i miei capelli e non mi guarderebbe mai con quello sguardo innamorato.

Lui ama solo se stesso, il mio corpo e i suoi successi.

14. «In stand-by»

Potrei considerare questa fase della mia vita come uno "stand-by"... Federica non è così, Federica sta solo aspettando che il dolore per la perdita dell'amore svanisca. Sto elaborando il lutto... e poi sarò una nuova me.

Nel mio periodo di stand-by però c'era una regola: era permesso fare tutto, non c'era nessun limite materiale o morale.

La festa per l'uscita del nuovo album del gruppo del bassista di cui era innamorata Paola si svolgeva in un noto locale romano.

Gli invitati erano tutti del settore: discografici, rapper, dj, cantanti, ballerini di hip-hop, coreografi e naturalmente io e Paola, che eravamo diventate parte integrante del gruppo. Li seguivamo in ogni posto, concerto dopo concerto. I ragazzi ci amavano, mentre le fan o le fidanzate di qualcuno ci odiavano... giravano voci che fossimo le *groupie* della band. Naturalmente noi non smentivamo, e fu così che la nostra fama crebbe smisuratamente senza far nulla... ci godevamo le serate e consumavamo alcol gratis. Andava più che bene.

Ci facemmo largo tra la folla salutando e sperperando sorrisi e Paola non stava più nella pelle nel rivedere il suo bassista. In realtà erano due settimane che non lo vedeva e non lo sentiva, ma non diede troppo peso alla cosa. Disse che andava così perché era impegnatissimo fra interviste e promozione del nuovo cd.

«Fede, dimmi la verità: mi sta bene questo vestito?».

«Certo. Perché?».

«Perché è giallo... mi fa sembrare ancora più grassa».

«Ma no, che cretinate che dici... dài, su... smettila...».

«Dov'è lui? Lo vedi?».

Mi guardai velocemente intorno, e sì, lo vidi. Come poteva essere il contrario? Con quella cresta eccentrica e tutti quei piercing che aveva sulla faccia non passava per niente inosservato.

«Ehm... sì...».

«Dove? Dove?».

«Vicino al bancone del bar».

«Dài vieni... andiamo a salutarlo...».

«Guarda Pà... non mi sembra proprio il caso. Sta parlando con la sua ragazza e...».

«Cosa? Chissene importa...».

Paola si girò su se stessa e corse verso di lui, con le pieghe del vestito che svolazzavano a causa del vento.

Tirai un sospiro e la raggiunsi lentamente, ma poi vidi che si bloccò a metà strada. Il bassista stava venendo verso di noi lasciando vicino al bancone la sua fidanzata.

«Ciao Fede...», disse lui facendomi un mezzo sorriso.

«Ciao! Auguri per il cd... sono sicura che andrà benissimo...».

Mentre stavo per finire la frase, Paola gli gettò le braccia attorno al collo ma lui la scansò con un'espressione decisamente scocciata. In tono abbastanza deciso le disse: «Paola ora basta. Sei un assillo e a me questa situazione inizia a non andare più bene. Mi telefoni sempre, mi mandi e-mail e messaggi: quante volte te l'ho detto che ti avrei cercata io? Così è troppo rischioso, se la mia fidanzata si accorge di qualcosa sono fottuto, quindi fammi il piacere di smetterla. Basta Pà, è finita».

Paola lo guardò con gli occhi pieni di lacrime

e sussurrò un: «Ma io ti amo», e in quel preciso istante lui scoppiò in una sonora risata.

«Tu cosa? Mi ami? Ma sei pazza? Ma chi ti ha mai promesso niente! Lo sapevi dall'inizio che sono fidanzato seriamente da tanto tempo. Tu sei stata solo un diversivo e ora che mi sono divertito abbastanza con te puoi anche sparire dalla mia vita».

Paola si voltò e corse in fretta verso l'uscita, lasciandomi di stucco faccia a faccia con il bassista.

«Ehm... a questo punto io andrei...».

«Fede? Tu non vai da nessuna parte... tu stai qui. Tu puoi. Anzi devi».

Così dicendo mi prese per un braccio e mi trascinò tra la folla a ballare.

La musica era buona, l'alcol e la marijuana anche. Mi ritrovai a ballare in mezzo al bassista e al fratello.

Sentii delle mani passare sotto la mia gonna, prima due, poi quattro. Due davanti e due dietro. Non capivo cosa stesse succedendo, o meglio non mi interessava capirlo. Due uomini e me. Non era logico... e poco importava.

Trascinata nel bagno successe quello che nella mia vita non avrei mai immaginato succedesse. Federica fa sesso con il bassista di cui è innamorata la sua amica e il fratello di lui. La cosa stupefacente fu che non me ne pentii, nemmeno un po'. Non provai alcun rimorso, neanche nei confronti di Paola. Non mi era chiaro se in quel momento la pensassi davvero così o se fosse lo stato di sballamento totale in cui mi trovavo a farmi ragionare in quel modo.

So solo che la mattina seguente me ne tornai a casa di Paola come se nulla fosse, anche se avevo sulla mia pelle l'odore di due uomini diversi.

Paola pianse a lungo sulla mia spalla, bagnando tutta la spallina del mio vestito preferito di lacrime amare.

Quando la crisi di pianto isterico terminò, iniziarono a raffica le domande e da lì capii che ero proprio brava a mentire.

«Ma questa festa poi come è stata?».

«Come tutte le altre... musica, alcol... 'ste robe qua... come al solito insomma...».

«Allora non mi sono persa nulla?».

«No, non preoccuparti... dài che stasera il mio rapper ci ha invitate a un'altra festa! Sarà sicuramente più bella di quella di ieri sera...».

«Magari conosco qualcun altro... alla faccia di quel demente...».

«Ecco brava... che ne dici: shopping?».

«Con piacere lady!», rispose Paola con un gran sorriso.

Mentre camminavamo osservando le vetrine nel centro commerciale mi arrivò un messaggio di Marta. Diceva che le mancavo molto e che le dispiaceva non aver risposto alla lettera, ma non sapeva proprio cosa dirmi.

In un altro contesto e in un altro momento sarei scoppiata in lacrime. Invece no, non importava... non importava nulla... volevo solo pensare a quanto mi sarei divertita quella notte.

Comprai un paio di scarpe con i tacchi a spillo dorati. Il color oro era molto più brillante dei soliti tacchi a spillo neri che indossavano tutte le comuni ragazze.

15. «Sono importante per te?»

L'altra festa era in una discoteca.

A noi era stato dato un bel privé: cuscini rossi a forma di cuore sulle poltrone di pelle e champagne dalle mille bollicine sul tavolo lucido a specchio.

«Fede, mazza! 'Sto rapper tuo è davvero un grande. Pure lo champagne. Avevi decisamente ragione, questa festa è moooooooolto più bella. Altro che la solita birra... champagne! Ti rendi conto?».

Paola era tutta felice e ballava a piedi nudi sul tavolino cantando *Girls just wanna have fun*. No, decisamente non potevo sentirmi in colpa per quello che era accaduto la sera prima. A Paola non fregava niente del bassista. Paola passava da un ragazzo all'altro. Paola non si affezionava a nessuno, lo dicevano tutti quelli che l'avevano conosciuta. Paola voleva solo qualcuno con cui passare del tempo, funzionava così anche con le sue amiche. Non le interessava nessuno al di fuori di se stessa... sicuramente se avesse trovato un'altra amica che la assecondasse in tutte le sue follie mi avrebbe messa in un angolo e cancellata dalla sua esistenza.

Come previsto in meno di un'ora la bottiglia di champagne finì. Il rapper rimediò subito portandone altre due.

La serata andò a gonfie vele finché il rapper non mi chiese di seguirlo fuori dal locale.

Ci sedemmo su dei gradini e mi prese la mano, ancora ornata dall'anello di fidanzamento di Simone. Il piccolo diamante emanava luce, come per ricordarmi tutto il male che avevo sofferto.

«Fede, senti... devo dirti una cosa...».

«Dimmi... e non assumere quell'aria seria, che non ti ho mai visto così e mi fai preoccupare...».

«Lo sai che io domani parto per New York, vero?».

Certo che lo sapevo. Ne parlavano tutti i giornali e tutti i canali musicali più seguiti. Partiva per incidere il nuovo album con un grande produttore americano. Ovvero: successo assicurato e soldi in tasca, ancora più soldi in tasca.

«Ecco Fede, vorrei che tu venissi con me».

La mia faccia assunse sicuramente un'espressione alquanto stupita, dato che non mi lasciò nemmeno rispondere ma continuò a parlarmi, senza mai abbandonare la mia mano.

«Vedi, Fede, io mi sono innamorato di te. Mi dispiace per tutte le volte che ti ho trattata male, per tutte le volte che non ti ho considerata. Mi dispiace di non averti mai fatto un regalo o di non averti mai portata a cena. Mi dispiace veramente tanto. Ero troppo preso dal successo improvviso, dai soldi facili che ho guadagnato, da tutte le ragazze che mi giravano intorno... ma ho capito di amarti, e ti voglio con me. Spero solo di non averti detto queste cose troppo tardi».

Poco tempo fa avrei accettato senza nemmeno pensarci. Avrei mollato tutto e sarei salita sul primo aereo con lui. Poco tempo fa sarei scoppiata in lacrime e sarei stata la ragazza più felice di questo mondo nell'udire queste parole.

Non ora, ora era diverso. Lui per me era stato uno dei tanti svaghi. Lui non contava niente. Una volta pensavo di amarlo, poi ho creduto di essere innamorata solamente della sua immagine... poi più niente. Non amavo più niente di lui.

Tolsi la sua mano dalla mia e guardandolo dritto negli occhi gli dissi che io non provavo le stesse cose. Io non lo amavo e non lo avrei seguito a New York, né ora né mai.

«Fede, io sono importante per te?», mi chiese con un'espressione triste.

«No, niente è più importante per me».

Così dicendo mi alzai e rientrai nel locale.

Passai la serata ballando sui tavolini e facendo scintillare i miei tacchi dorati.

Ballo davanti a una folla e sto ancora cercando di sapere chi sono.

16. «Quel che resta di noi»

Non tornavo a casa da tanto tempo.

Era come se avessi iniziato un'altra vita cancellando tutto il resto.

Marta non esisteva più e Vanessa nemmeno.

Avevo saputo da Jessica, l'unica con cui ero ancora in contatto, che aveva deciso di sposarsi. Vanessa che si sposava. Avevo come l'impressione di essere l'unica a non aver ancora capito quale fosse la mia strada.

Dove stavo andando? Cosa volevo? Come volevo essere?

Infinite volte mi sono chiesta queste cose, la mia mente era troppo impegnata a far ragionare il mio cuore, impedendogli di affezionarsi a qualcuno, così non avevo mai trovato una risposta. Nemmeno un indizio di cosa volesse fare Federica finita quell'estate... e se tutto questo mi avesse cambiata per sempre? Cosa sarebbe stato di me?

Era un martedì notte. L'aria soffiava leggera

sulla spiaggia di Ostia, scompigliando i miei lunghi capelli. Mi tolsi le scarpe e camminai a piedi nudi sulla sabbia fredda. Osservai il mare scuro e affondai nelle sue acque tutti i miei ricordi.

Mi passarono davanti agli occhi i momenti felici che avevo vissuto con Simone: i viaggi insieme, le giornate a casa sdraiati sul divano a guardare film, gli abbracci, i periodi di Natale passati a fare regali... vidi i miei quindici, i miei sedici, i miei diciassette e i miei diciotto anni corrermi nella mente. Poi li vidi frantumarsi all'improvviso, come se non fossero mai esistiti. Il rumore dei cocci del mio cuore fu il rumore più stridente udito nella mia adolescenza.

Mi sdraiai sulla spiaggia e iniziai a cantare una canzone del rapper, proprio quella che mi fece piangere quella sera al suo concerto quando Simone mi lasciò.

Le lacrime iniziarono a venire giù, ed erano molto più amare di quelle già versate.

Quella notte ero sola, non c'era Marta con me a consolarmi e non c'era l'illusione di una vita migliore senza di lui. In fondo avevo sperato di potermi innamorare di qualcuno che non fosse lui, di avere qualcuno che mi avrebbe resa felice senza farmi soffrire così tanto.

Simone era fatto così: un'ora mi rendeva felice e per tutto il resto mi faceva del male.

Adesso ero sola.

Adesso c'era solo Federica con il suo passato. Federica con il trucco sciolto sul viso e con i tacchi a spillo sporchi di sabbia.

Quanto mi mancava la mia vecchia vita... mi mancavano tutte le cose semplici che vivevo con lui e che ora erano state rimpiazzate da situazioni all'apparenza molto più eccitanti, che però non mi davano nemmeno un briciolo di gioia.

Disegnando con le dita nella sabbia un piccolo cuore ci misi dentro l'anello. Ora non brillava più così tanto... ora mi sembrava solo un piccolo cerchio di gelido metallo che mi faceva uno strano effetto sulla pelle. Eppure quel piccolo oggetto mi legava ancora al mio passato e non riuscivo a separarmene. Non l'avevo tolto nemmeno una volta. Era fermo sul mio anulare a ricordarmi tutto quello che avevo perso, era come se Simone ridesse all'interno delle sfaccettature del diamante. Rideva di me perché sapeva che volevo ancora lui, nonostante tutto volevo ancora e solo lui.

Anche se il mio corpo si era concesso a molte altre persone, il mio cuore rimaneva ancora a lui, era di sua proprietà. I suoi battiti acceleravano solo per lui.

Vedevo chiaramente il suo sorrisetto soddisfatto e meschino che rideva di me... si prendeva gioco di Federica, era contento di potermi fare ancora del male anche se non era presente fisicamente. Il suo ricordo riusciva ancora a sgretolarmi l'anima. La sua presenza era costante, la sentivo seduta lì vicino a me che mi ripeteva che non ero capace di stare da sola, che dipendevo da lui... e che non avrei mai più avuto il coraggio di regalare i miei sentimenti a qualcuno, perché nessuno avrebbe più saputo farmi innamorare.

Bugie, pensai. Solo subdole bugie.

Non potevo accettare di perdere, non potevo accettare di volermi ancora autodistruggere in quel modo. Ero riuscita a diventare fredda e cinica con tutte le persone che avevo incontrato e dovevo riuscire a diventarlo anche con il suo ricordo.

Presi l'anello e cancellai il cuore di sabbia.

Andai vicino all'acqua e gridai: «E adesso dimmelo... che cosa rimane di noi, eh?».

Urlai quelle parole, non mi bastava tenerle nella mia testa. Dovevo far uscire la voce per essere sicura di quello che dicevo, per autoconvincermi.

«Vaffanculo», urlai mentre gettavo l'anello lontano, dentro quel mare buio.

Le acque inghiottirono il diamante insieme ai rimpianti e alla mia malinconia.

Quella fu una delle notti più tristi della mia vita.

17. «Happy Birthday to Me»

I miei diciannove anni.

Li avevo immaginati diversamente.

Avrei voluto una bella festa, con Marta, Vanessa e Jessica. Tutte insieme in qualche pub a ridere davanti a un Long Island e poi di corsa al centro di Roma a far casino, a cantare in macchina con i finestrini abbassati che ci scompigliavano i capelli.

I miei diciannove anni invece furono festeggiati con Paola e qualche altro amico.

I miei diciannove anni furono la prova che non ero più Federica.

Il mio vestito era così trasparente che non lasciava di certo spazio all'immaginazione.

Il pub c'era, come tutti i compleanni che si rispettino. Era il pub dove si andava sempre dopo i concerti e le serate. Era così piccolo da far mancare l'aria, ma piaceva a tutti in modo incredibile e, sinceramente, non ne avevo mai compreso il motivo.

Entrai salutando e i presenti mi cantarono

un "Buon Compleanno" accompagnato da Federico, il barista più figo di tutti i tempi, che mi serviva una Guinness.

«A te bambola, offro io... ma devi scolartela in meno di venti secondi... ce la fai?».

Lo guardai con aria di sfida: certo che ce la facevo, ormai mandavo giù l'alcol come se bevessi acqua.

In cinque minuti, come previsto, buttai giù tre birre e poi raggiunsi gli altri per spegnere le candeline e aprire i regali.

Non c'era nulla di interessante in quella serata, anzi a dirla tutta era molto più noiosa di tutte le altre. Finché non varcò la soglia del pub lui.

Alto, biondo, occhi verdi e abbronzato... rimasi a bocca aperta. Era un sogno.

Diedi una gomitata a Paola e le indicai quel ragazzo.

«Ah, certo. Giorgio».

«Sì, certo... e chi sarebbe?».

«Come chi sarebbe? Giorgio detto "il big"... il writer... sai, quello che imbratta i muri di Roma...».

In realtà non avevo la minima idea di chi fosse... comunque sia era favoloso. Con un fiocco rosa in testa sarebbe stato il regalo perfetto, altro che la borsa che mi aveva regalato Paola...

Mi alzai dal divano e andai verso di lui.

Era seduto al tavolino e sorseggiava una birra chiara.

«Ehi...», gli dissi sedendomi al posto libero davanti a lui.

«Ciao, ti conosco?», rispose con uno sguardo interrogativo.

«Mmm... no, credo proprio di no. Piacere, io sono Federica. Oggi è il mio compleanno e mi sto rompendo le palle. Tu sei...».

"Ahahahah... io sono Giorgio, oggi non è il mio compleanno ma anche io mi sto rompendo parecchio le palle. Vedo che abbiamo qualcosa in comune...».

«Vedi? Andiamo già d'accordo... che ne dici se ce ne andiamo via? Ci facciamo un giro?».

«Ok, ma non chiedermi di cantarti la canzoncina di "tanti auguri a te" perché non lo faccio... affare fatto?».

Salutai Paola che scosse la testa ridendo... mi disse che sì, finalmente aveva la prova che mi aveva portata decisamente su una brutta strada.

Il writer mi parlò molto di sé, ma io non gli dissi quasi nulla di me.

Fumammo canne tutta la sera e continuammo a bere birra, finché non pensai che mi ero stufata delle parole.

«Senti Giorgio, posso essere sincera con te? In poche parole non me ne frega un cazzo di quello che fai nella tua vita fatta di bombolette spray e skate. Voglio solo godermi il mio compleanno, e per farlo devo fare sesso con te. Okay?».

Pensai che avrebbe accettato la mia proposta come tutti gli uomini che avevo incontrato fino ad allora. Invece mi prese in braccio e mi mise seduta sul cofano della sua macchina, mi divaricò le gambe e si mise piazzato davanti a me.

Mi alzò il mento con un dito e mi disse di guardarlo bene negli occhi.

«Dimmi perché fai così. Voglio saperlo. Sei una bellissima ragazza, perché ti devi buttar via in questo modo? Eh? Pensi che darla al primo che capita e che ha un bel visino ti appaghi? Ti rende felice tutto ciò? Dimmi,

Fede, vuoi viverla così la tua vita? Vuoi gettarla così ai quattro venti?».

Mi lasciò di stucco, tanto di stucco che non risposi.

Lui continuò, e le sue parole mi entrarono nel cuore e quella sera sentii la vecchia Federica che faceva capolino di nuovo, timidamente.

«Sai, a me piacerebbe tantissimo farlo con te. Cavolo, hai un corpo da far girare la testa! E non capita mica tutti i giorni che una bella come te venga da uno sfigato come me chiedendo di scoparla. Anzi, non mi è mai capitato. Perché lo fai? Eh? Rispondimi, dài... se mi dai una giusta motivazione la faccio finita con il terzo grado e si fa come vuoi tu. Promesso».

Gli raccontai tutto: Simone, le feste e i miei uomini.

«Sai, amare vuol dire anche soffrire. E soffrire può distruggerti o farti diventare più forte. Tu non vuoi distruggerti, vero? Se qualcuno ha ferito i tuoi sentimenti non vuol dire che tu abbia il diritto di prendere in giro chiunque incontri e ferirlo quindi a tua volta. E tantomeno non hai il diritto di ferire te stessa in questo modo, okay? Ora io e te andiamo a goderci questo compleanno... e se metti la testa a posto ti giuro che ti sposo, eh?».

Il mio diciannovesimo compleanno trascorse molto meglio di quanto avevo immaginato. Giorgio mi portò in giro per Roma e passammo tutta la notte a ridere e a fare cretinate.

Mi piaceva quel ragazzo, mi aveva detto delle cose che mi avevano fatto riflettere.

Alle prime ore della mattina mi riaccompagnò a casa di Paola stampandomi un bacio sulle labbra e facendomi promettere che ci saremmo rivisti.

Certo, come potevo non rivederlo?

18. «Bombolette spray»

Giorgio e io diventammo inseparabili. Non ci fu niente fra noi se non una stupenda amicizia. Era una cosa nuova per me l'amicizia tra uomo e donna. Era bello condividere le mie giornate con un ragazzo, e aveva anche molte cose positive avere un migliore amico di sesso maschile. Per prima cosa riusciva a frenarmi quando mi prendevano i miei attacchi di shopping selvaggio e poi non era invidioso di me. Se sei bella va a finire che anche le tue migliori amiche diventano invidiose. Anche se, riflettendoci bene, questo non era mai accaduto con Jessica, Marta e Vanessa.

Paola diventò gelosa di questo rapporto, e come previsto si allontanò da me trovandosi un'altra amica. Non la chiamai mai più e non sentii la sua mancanza. Il mondo fatto di hip-hop, sesso, droghe e alcol era adesso solo un lontano ricordo. Non mi serviva più sballarmi per divertirmi, me la spassavo molto di più stando con Giorgio.

Riconsiderai totalmente il fatto di "imbrattare i muri", la sua era vera e propria arte.

Aveva inutilmente cercato di insegnarmi il writing, ma non faceva proprio per me. Così me ne stavo sotto il sole a osservare lui che armeggiava con le sue bombolette spray creando dei capolavori.

Anche con lo skate non raggiunsi nessun risultato, a parte le ginocchia sbucciate e i pantaloni strappati.

Mi insegnò ad amare il rap e non i rapper, e questo mi fu di grande aiuto quando uscì l'album del mio rapper. C'era una canzone su di me che lasciava ben poco spazio all'immaginazione. Diciamo che l'insulto meno offensivo del testo era "cagna in calore". Invece di prendermela troppo gettai il suo cd in un cassonetto, buttando via di conseguenza ben 20 euro.

Giorgio mi rimise a posto, cancellando i lati negativi di Federica e facendomi tornare la ragazza di sempre.

Sarebbe stato il fidanzato perfetto, ma lo consideravo come un fratello.

La sera dell'anniversario che avrei dovuto festeggiare con Simone la passai con lui, sdraiati nel suo giardino.

«Giò… ma secondo te l'amore esiste davvero?».

«Certo che esiste, perché, avevi dei dubbi?».

«Sì, in realtà ne ho tanti...».

«Se l'amore non esistesse tu non ti saresti ridotta a quel modo».

«Ah, benissimo. Quindi dove c'è l'amore poi c'è anche la sofferenza...».

«Eh già... ma chissenefrega Fè... l'importante è amare, non ci si deve preoccupare per come si starà...».

«A me preoccupa tantissimo invece...».

«C'hai una vita davanti...».

«E se rimarrò zitella per sempre? Ci hai mai pensato?».

Giorgio scoppiò a ridere, pensando che la mia fosse solo una battuta. In realtà quel pensiero mi girava davvero nella testa ogni tanto...

«Ma che dici Fede? Se rimani zitella te, non si fidanza più nessuno...».

«Ovvero?».

Giorgio fece un mezzo sorriso, di quelli che gli facevano venire delle fossette sulle guance.

Per ottenere una risposta gli diedi una gomitata in un fianco.

«Cioè che sei bella... quindi te lo troverai sicuro un fidanzato».

«Tu credi che io sia bella?».

«Già...».

Scoppiai a ridere, rotolandomi nell'erba. Certe cose non erano da Giorgio, il silenzioso e misterioso Giorgio.

Mi alzai in piedi e iniziai a prenderlo in giro cantilenando «Giorgio mi amaaaaaaaaa... Giorgio mi vuole sposareeeeeeeeeeeeeeeeeeee!».

«Falla finita, idiota», mi disse tirandomi per una gamba e facendomi piombare sull'erba sdraiata vicino a lui.

Poi mi abbracciò e mi diede un bacio sulla fronte.

«Ti voglio bene, scema!», disse tenendomi fra le braccia.

Anche io gli volevo bene.

Un bene che andava al di sopra di ogni cosa, che non aveva nemmeno un pizzico di sesso.

Era un rapporto molto più speciale.

E io ero felice, davvero felice.

19. «Simone»

Simone osservava le cornici appese alla parete della sua camera che racchiudevano le fotografie di Federica.

Ne prese una tra le mani.

Erano un paio di mesi che l'aveva lasciata. In realtà non ci aveva mai pensato troppo. Era stato troppo impegnato tra feste, discoteche e serate passate con gli amici, per non parlare del lavoro che gli occupava tutto il giorno.

Quella sera però era diverso.

Quella sera sarebbe stato il loro anniversario e lui era chiuso in casa perché nessuno dei suoi amici poteva uscire.

Si mise seduto sul letto e contemplò la foto.

Lei era bella, era sempre stata bella. Era rimasto folgorato dal suo fascino dalla prima volta che l'aveva vista, anche se a quei tempi lei era poco più di una bambina.

Si ricordava persino come era vestita: dei jeans scoloriti a vita bassa e un top azzurro. Dopo molti tentativi di strapparle un appuntamento le era piombato direttamente sotto casa e con il suo fare da "bulletto di quartiere" l'aveva invitata al cinema.

Poi, tutto il resto.

Si era innamorato dei suoi modi di fare, era andato oltre la sua bellezza. Lei era semplice e comprensiva, lei era la ragazza perfetta.

Lo sapeva che era lei quella giusta, lo sentiva nel cuore ogni volta che la stringeva a sé.

Non aveva mai immaginato di poter stare senza di lei.

A un certo punto però le cose cambiarono, e così in fretta che aveva avuto delle difficoltà persino a rendersene conto.

Lui voleva uscire con i suoi amici, fare quello che facevano tutti i suoi coetanei, ovvero andare a ballare e rimorchiare le ragazze. Non se l'era mai potuto permettere essendo legato a Federica da quattro anni, ma fino ad allora non ne aveva mai sentita la necessità.

Anche lei era cambiata. Voleva uscire con le amiche e non gli sembrava più quella ragazza semplice di cui si era innamorato tanto tempo prima.

Così aveva deciso di mollarla e iniziare di nuovo senza di lei.

E se avesse sbagliato di brutto? Chissà con chi stava lei ora... per un attimo la gelosia divenne insostenibile e gli passarono davanti le immagini di Federica abbracciata a qualcuno, sicuramente alto, biondo e più bello di lui. Molto più bello di lui.

Magari l'aveva portata a cena fuori, era riuscito a convincerla, all'opposto di lui.

Federica odiava i ristoranti quando era fidanzata con lui.

Lei voleva mangiare cheeseburger in macchina e poi si lamentava se ingrassava qualche chilo. Ogni volta che tentava di convincerla a cenare in un ristorante iniziavano le litigate.

Pensandoci bene, Federica, era un po' fuori dal comune come ragazza.

Non amava il casino ma poi era la prima a tuffarsi tra la folla ai concerti, odiava il mare e il sole e per abbronzarsi si riempiva di lampade, spendeva continuamente soldi per vestiti, scarpe e borse che dopo qualche giorno la stancavano e finivano chiusi nel suo armadio. Federica aveva il pessimo vizio di fumare e quando andava in qualche pub con gli amici di lui beveva come una disperata, facendo la figura del maschiaccio. Eppure Federica non aveva niente del maschiaccio: aveva un viso bello e dolce, occhi scuri e profondi e un fisico perfetto, che continuava a rovinarsi facendosi tatuaggi e piercing.

Inoltre era una vera scassaballe quando s'impuntava: si lamentava che lui lavorasse troppo, che andasse troppo in palestra, che si vestisse male e un milione di altre cose.

Simone non lo sapeva, ma a Federica, in verità, non fregava nulla di tutto ciò. Gli faceva quei rimproveri per il semplice gusto di farlo arrabbiare, dato che non litigavano mai per cose serie.

Sì, Federica aveva un milione di difetti ma era la prima ragazza di cui si era innamorato, e fino ad allora era stata l'unica.

Un'improvvisa nostalgia strinse il cuore di Simone, era così strano non averla più vicina dopo tutto quel tempo.

A un tratto vide l'immagine di lei che camminava in slip e reggiseno nella sua camera, buttando all'aria tutto quello che trovava sulla scrivania per farlo arrabbiare.

Si voltò e la vide saltare sul suo letto come faceva sempre.

Poi la vide sdraiarsi supina, esausta.

Gli porgeva la mano dicendogli di andare lì ad abbracciarla.

Poi vide Federica triste.

Federica con le lacrime negli occhi.

Federica che piangeva per lui.

Un istante dopo sparì l'illusione e Simone si trovò ancora seduto sul bordo del suo letto a una piazza e mezza intento a contemplare la foto.

Lei non c'era più.

Forse lui aveva fatto l'errore più grande a lasciarla.

Scaraventò la cornice in terra frantumando il vetro in mille pezzi.

20. «Rimani dentro di me»

Giorgio mi lasciò in un giorno di fine agosto.

Giorgio ci lasciò tutti in un giorno di fine agosto.

Morì.

Schiacciato sull'asfalto da un pirata della strada.

Ricordo la telefonata di sua madre che piangeva disperata.

Ricordo la sensazione che provai: il cuore si fermò, il mio cuore si fermò. Poi ricominciò a battere facendomi male. Pulsazioni dolorose, insopportabili.

Non ci credevo.

Non poteva essere vero.

La sera prima era con me e parlavamo del futuro mentre fumavamo una sigaretta.

Chissà se quei cinque minuti trascorsi a tirare boccate di nicotina li avrebbe passati in altro modo sapendo che sarebbe stata l'ultima serata della sua vita.

Giorgio ventiquattro ore prima era con me.

Era al mio fianco.

E poi è sparito.

È sparito lasciandomi un vuoto che era stato già colmato da lui poco tempo prima.

Quel vuoto adesso si era riaperto ed era molto più profondo.

Non andai al suo funerale.

La madre mi permise di rimanere nella sua stanza.

Mi gettai sul suo letto e strinsi il cuscino piangendo disperata: c'era ancora il suo odore.

Sulla sedia accanto al letto erano appoggiati i suoi jeans larghi e il suo cappello rosso.

Erano lì ad attendere di essere indossati.

Sarebbero rimasti ad aspettare inutilmente perché Giorgio non sarebbe tornato, non sarebbe tornato mai più.

Continuai a piangere per ore. Speravo che prima o poi le lacrime si esaurissero, ma continuavano a scendere sul mio viso… sempre di più. Aumentavano con il passare dei minuti.

Non potevo stare senza di lui. Non ci riuscivo.

Anche se ci conoscevamo da poco tempo, eravamo diventati inseparabili. Lui era stato una delle persone più importanti della mia vita. Quante cose gli avrei voluto dire... quante cose ancora avrei voluto fare insieme a lui... invece no. Il tempo a nostra disposizione era terminato. Finito. Non c'era più niente da condividere, niente da raccontargli e non c'erano più i suoi occhi stupendi che mi scrutavano.

Andai alla sua scrivania e cominciai a guardare in quel disordine: il disordine nella sua camera non rispecchiava affatto la sua persona. Così calmo, deciso e chiaro. Chiaro come uno specchio. Potevi vedergli tutto attraverso quei suoi occhi chiari, nessun segreto da scoprire, nessuno...

Fogli sparsi di disegni, testi di canzoni e un diario. Lo prendevo sempre in giro per quel diario...

«Stupido... guarda che i diari li scrivono le ragazzine dodicenni non i writer ganzi come te... ahahahhaha... dovrò dirla a tutti 'sta cosa prima o poi: Giorgio è una femminuccia, altro che street art e skate...!».

Non mi sarei mai permessa di aprire quel diario. Ma era come se Giorgio fosse lì vicino a me e mi dicesse «Fede, ora puoi leggerlo...».

Giornata strana oggi… al solito pub ho conosciuto una tizia. Per me le manca qualche rotella, ma forse era solo l'effetto dell'alcol. Comunque è carina… troppo carina per me…

Oggi nuovo pezzo finito… Roma è più bella ora, più allegra di sicuro!

È come se la conoscessi da sempre. Federica mi ha travolto la vita. Non è come dice lei, non sono io ad averla cambiata. È sempre stata così… io ho solo rispolverato la sua vecchia persona. Invece lei me l'ha cambiata, la vita… da quanto è che non ridevo così? È speciale, ma questo lei non lo sa.

Non riesco a stare senza di lei. È entrata nella mia vita e non voglio che se ne vada. Mi fa male quando mi parla di Simone. Come glielo dico che sono innamorato perso di lei?

Chiusi il diario. Lo chiusi in fretta.

E iniziai a piangere di nuovo…

Perché non me l'aveva detto? Perché?

Perché tutte le persone che amavo se ne andavano dalla mia vita? Cosa avevo fatto di male per meritarmi tutto questo? Prima Simone, poi Marta e ora anche Giorgio…

Era troppo il dolore, non riuscivo a sopportarlo.

Il giorno del suo funerale non portai nessun fiore davanti all'altare.

Il giorno del suo funerale uscii correndo in strada e scrissi il suo nome sulla mia pelle per sempre.

Giorgio tatuato sul mio braccio.

Giorgio con me.

Rimani con me ancora per un po', perché io ho ancora bisogno di te.

21. «Self-possessed»

I giorni trascorrevano lenti, e così una settimana sembrò durare un'eternità.

Me ne stavo rinchiusa tutto il giorno in camera di Giorgio e poi mi addormentavo distrutta dopo i lunghi pianti sul suo letto.

Credevo che se avessi abbandonato quella stanza anche per un singolo secondo non avrei più avvertito la sua presenza, non sarei più riuscita ad averlo vicino a me.

I suoi cd preferiti suonavano ininterrottamente nello stereo, giorno e notte. Vedevo Giorgio cantare le sue canzoni predilette con la sua enfasi contagiosa.

Album di fotografie sempre aperti sul pavimento, foto scrutate nei minimi dettagli per non dimenticare i tratti dolci del suo volto, il suo sorriso e il suo sguardo magnetico.

Il diario era stato riposto in un cassetto e non avevo più avuto il coraggio di proseguire.

I suoi genitori mi avevano lasciato libero accesso all'appartamento, ma avevano deciso che per loro era meglio rifugiarsi altrove, per elaborare la dolorosa perdita del figlio. Le lacrime della madre di Giorgio avevano come sfondo pittoresco un paesaggio di montagna.

I miei occhi, invece, guardavano fuori da una finestra osservando palazzi e una ferrovia. Roma, la Roma urbana… la Roma che Giorgio amava.

Bottiglie vuote di alcol e pacchetti di sigarette riempivano la stanza, ma non servivano a nulla. Quand'ero ubriaca andava tutto molto peggio: avevo sempre più voglia di piangere e urlare. L'alcol non mi faceva dimenticare il dolore, al contrario lo intensificava a ogni sorso.

Certe volte spruzzavo il profumo di Giorgio in aria, così da sentirlo nel vuoto della camera. Presto quella boccetta finì, lasciando immagazzinato nella mia mente solo il ricordo di un odore sentito molte volte.

Anche i ricordi della voce di Giorgio andavano pian piano sfumando.

Non è vero che chi hai amato lo ricorderai per sempre. I ricordi svaniscono lentamente, lasciando, dell'immagine di chi non si ha più a fianco, solo un alone dai contorni ingialliti.

I miei tacchi a spillo erano stati riposti con cura sotto il letto, e non erano più lucidi.

Lo smalto rosso tenuto sempre con cura maniacale sulle unghie dei miei piedi si era diradato. I capelli sporchi e legati in modo maldestro non erano più lucidi come una volta. Persino i tatuaggi sembravano scoloriti, fatta eccezione per il nome del mio amico, così spesso e scuro, quasi a ricordarmi tutta la disperazione che provavo.

Durante una notte passata tra alcol e hip-hop, sommersa da una realtà che si faceva ogni giorno più evidente, capii di aver varcato quel limite che non ti permette più di fare un passo indietro.

Le sigarette spente nel posacenere etnico mi rammentavano il tempo che passava. Una sigaretta ogni quindici minuti.

Fumavo la rabbia, la delusione per questo mondo.

Mi chiedevo per quale motivo ad andarsene fossero sempre le persone migliori. La vita era crudele e, prima o poi, ti rendevi conto della triste realtà: più che vivere era questione di sopravvivere.

Dicono che tutto accade per un motivo: qual'era quello della morte di Giorgio? La vita aveva forse voluto ricordarmi quanto era difficile e triste ogni momento passato su questo mondo?

I sorrisi che avevo riacquistato con tanta fatica erano di nuovo scomparsi.

Giorgio non doveva morire.

Giorgio aveva solo vent'anni.

Non si può smettere di respirare così presto.

Una vita non può essere troncata così all'improvviso.

Non era logico.

Non era logico ma era così, e per quanto non volessi accettarlo non potevo cambiare le cose.

Quel silenzio che mi circondava era strano, tutt'intorno era ovattato.

Cercavo nel fondo di troppi bicchieri una soluzione al mio stato d'animo. I bicchieri si svuotavano velocemente e non mi davano niente in cambio, a parte insignificanti mal di testa e bruciori di stomaco.

Proprio nel momento in cui stavo valutando di lasciarmi andare ancora di più squillò il cellulare.

Jessica.

«Pronto?», risposi con una voce flebile e stanca.

«Fede» – disse piangendo come una bambina disperata – «ti prego, torna a casa. Ho bisogno di te...».

«Anche io ho bisogno di te...», le risposi mettendomi a piangere a mia volta.

Non volevo lasciare Giorgio, ma lui mi aveva insegnato il prezioso valore dell'amicizia.

Era mio dovere stare accanto alla mia amica.

Era mio dovere ricominciare a vivere.

Un po' alla volta.

22. «Trovare la propria strada»

Jessica era cambiata molto dall'ultima volta che l'avevo vista.

Aveva il viso stanco e i capelli legati: Jessica non aveva mai portato i capelli legati.

La pancia, ora, si vedeva chiaramente.

Appena mi vide corse ad abbracciarmi, e fu l'abbraccio più lungo che avessi ricevuto fino ad allora. Era un abbraccio triste e mi aspettavo di vederla scoppiare in lacrime da un momento all'altro, ma non lo fece.

Mi raccontò di come si sentiva strana ad essere incinta, di come si sentisse sola. I suoi genitori, dopo un'iniziale e comprensiva arrabbiatura, l'avevano aiutata molto. Ma non era la stessa cosa. Lei aveva bisogno di un papà per suo figlio, ma non c'era.

«Je, dài, ci siamo noi vicino a te». Le dissi per tirarle su il morale.

«Fede, lo so. Ma non è la stessa cosa! Non riesco nemmeno più ad uscire di casa, mi assale 'na tristezza assurda. Vedo tutte le famiglie felici... mamme e papà che portano al parco i bambini e robe varie. Io sono stata da sola dal primo giorno e sarà così anche domani e dopodomani e per tutta la vita. Cosa dirò a mio figlio quando mi chiederà dove è il padre? Che gli dico? Papà è morto? 'Ste stronzate qua da telefilm...?».

«No... gli dirai la verità. A proposito, ma lui non si è più fatto sentire?».

«No, macché. Il bastardo si è trasferito a Padova... è scappato, sai, nemmeno 'na telefonata... che schifo. Un uomo che non si prende le sue responsabilità, manco fosse un ventenne... mi fa proprio schifo».

«Bastardo davvero...».

«Fede, ma come farò? Io non so nemmeno come si tratta un bambino... non ce la farò ad essere una buona mamma... rovinerò quella creatura... e anche me. Lo sai le cose che mi perderò? Eh? Non troverò mai nessuno che mi amerà... chi se la raccatta una con un figlio? E il lavoro? Chissà che lavoro farò... se mi va bene andrò a pulire i cessi...».

«Je, ma che dici! Devi solo stabilizzarti un attimo... e poi sarai una mamma bravissima... e siccome sei bella troverai anche un fidanzato...».

«Sì vabbeh... e vissero tutti felici e contenti,

come no. Senti, parlando di cose serie, io domani ho l'ecografia, m'accompagni?».

La mattina dopo accompagnai Jessica.

Ci aveva messo circa tre ore per prepararsi, lamentandosi di sembrare una vacca. In macchina poi si lamentava per il caldo e per il traffico. Per un attimo pensai di ucciderla, ma poi la guardai e provai un'immensa dolcezza per quella ragazza.

Era l'unica delle mie amiche che, nonostante avesse una vita incasinata e tutti quei problemi, mi era stata sempre vicina. Non mi aveva mai giudicata per quello che avevo fatto e i suoi rimproveri si limitavano a un "te l'avevo detto!".

Il corridoio dell'ospedale aveva un'aria così asettica da far mancare l'aria. Pavimenti bianchi, pareti bianche, camici bianchi, lenzuola bianche... forse ero arrivata in paradiso e non me ne ero accorta, magari non avevo agito poi così negativamente nella mia vita terrena.

Jessica era agitata, non disse una parola tranne che le risposte al medico.

Poi tutto cambiò.

L'ecografia fece una magia.

Appena vide sul monitor il suo bambino Jessica iniziò a piangere, ma di gioia.

Al ritorno a casa non fece altro che parlare di come si vedeva bene il bambino e di come batteva il suo cuoricino.

Quel bambino le sciolse il cuore. Si innamorò di suo figlio, proprio come doveva andare.

Mentre mangiavamo un gelato sulla sua terrazza provò a far sfogare me, ma non mi scucì nemmeno una parola.

Poi a un certo punto mi lanciò un'occhiata e si mise a ridere.

«Che c'è, Je?».

«No, no, niente...».

«Jeeeeee... che c'è?».

«Non te lo posso dire, scusa».

«Perché?».

«Perché no!».

«Ma che vuol dire perché no?».

«Perché poi m'ammazzi...».

«Che hai fatto?».

«Giura...».

«Giuro che?».

«Che non m'ammazzi!».

«Giuro!».

«Guarda che se m'ammazzi uccidi due persone... ricordatelo... mmm... vediamo... io ti ho iscritta a psicologia».

«Cosa?».

«Io ho iscritto te all'università».

«Perché? Ma sei fuori?».

«Perché tu ci volevi andare, te lo ricordi? Lo dicevi tutti i giorni prima di finire le superiori...».

«Sì vabbeh, è passato tanto tempo da quando lo dicevo...».

«Eh sì, 'na vita... so' passati a malapena tre mesi».

Non sapevo se esserle grata o infuriata con lei. Era vero: io volevo fare psicologia, ma prima che succedessero tutte quelle cose.

Jessica riprese a parlare a raffica, senza mollare il gelato vaniglia-cioccolato nemmeno un minuto.

«Senti Fè... tanto te non te ce saresti iscritta. Lo so come sei fatta, avresti detto di volere un anno ancora per pensarci su poi ti saresti messa a fare qualche lavoro che odi, che ne so, tipo la cameriera o la commessa...

e poi non avresti più studiato. Io anche voglio andare all'università. Quindi, mentre io cresco il mio bambino, tu vedi di capirci qualcosa così poi mi spieghi le lezioni... eh? E guarda guarda... ho anche un regalo per te... taaaaaadààààààààà... la borsa nuova per andare all'università... bella eh? È pure rossa! Così ti si intona con lo smalto!».

La abbracciai... sì, aveva fatto un bel gesto e il suo discorso filava proprio.

«Tieni cara» – mi disse porgendomi il suo regalo – «inizi fra tre settimane».

23. «Lezioni e sguardi»

Guardo te.

Seduta nell'ultima fila di questa triste aula universitaria.

È novembre.

Fuori piove.

Minuscole gocce di pioggia tintinnano sui vetri, già oscurati da tende troppo pesanti che tolgono gran parte della luce.

Eppure la tua figura è così chiara e illuminata. Risplendi di luce tua, proprio come le stelle. Le tue larghe spalle mi fanno venire voglia di venirti vicino e di sussurrarti in un orecchio «amami», «abbracciami e proteggimi da questo mondo che mi ha fatto soffrire già abbastanza».

È strano come tutto sia iniziato. Il tuo volto mi è noto solo da pochi giorni. Le lezioni sono iniziate già da più di un mese e prima non ti avevo nemmeno notato.

Poi, così, all'improvviso, i tuoi occhi mi hanno trafitto il cuore, accelerandone esasperatamente il battito.

Cos'hai di speciale? Il tuo volto è anonimo, non ha nulla di particolare... anzi, più ti osservo e più ho l'impressione di averti già conosciuto. Chissà, forse in un'altra vita eri la mia metà, eri la parte che mi completava.

Questa sensazione mi è nuova. Mi fermerei ore ad osservarti. Starei ferma qui, immobile... e non pretenderei nemmeno un sorriso, una parola o uno sguardo. Mi accontenterei di questo: guardarti e continuare a provare le emozioni che hanno risvegliato il mio cuore.

Il professore parla di nozioni di fisica da circa un'ora, con lo stesso tono piatto e monotono. Scandisce così i miei sguardi diretti a te, che sei troppo concentrato sulle sue parole per accorgerti di me.

Dato che le parole fanno stonare tutto, mi sparo un po' di musica nelle orecchie: *Stop crying your heart out* degli Oasis risuona dolce in me. Mi accompagna in questo stato incantevole. Sì, il mio cuore ha smesso di piangere, e se esiste il colpo di fulmine questa è la volta giusta.

Non ti chiedo niente, non pretendo nulla: permettimi solo di stare qui in un angolo a osservarti in silenzio per altri sessanta minuti.

Trascorso questo tempo tutto tornerà come prima: io farò rallentare i battiti del mio cuore e tu continuerai la tua giornata fuori da quest'aula, condividendo con chissà chi le tue labbra.

24. «Caffè e chiacchiere»

Mi accorsi di essere innamorata di lui. Terribilmente innamorata di lui.

Mi svegliavo la mattina pensando a lui, andavo a dormire pensando a lui e lo sognavo. Il che era una prova schiacciante dei miei sentimenti.

Un pomeriggio, dopo una lunga lezione di sociologia, mi invitò a prendere un caffè. Era solo un caffè, ma ero così agitata che chiamai Jessica per calmarmi. Lei disse che quella era la mia occasione e che dovevo sembrare una bomba, farlo innamorare e il gioco era fatto.

Dopo aver praticamente svuotato il mio armadio per scegliere un abbigliamento adatto mi rimisi i miei jeans e una maglietta a caso. Le paranoie delle ragazze sono sempre le stesse: se mi vesto troppo casual penserà che dell'appuntamento non me ne freghi un bel niente, se mi vesto troppo provocante penserà che sono la tipica ragazza da una botta e via e se mi metto il rossetto, che mi renderebbe sicuramente più bella, poi non mi bacerà perché gli rimarrebbe attaccato sulle labbra.

Non ci fu nessun bacio e niente che potesse far intendere che gli interessassi. Solo un caffè e una triste chiacchierata che aveva come argomento l'università e cose varie.

Anche i successivi quattro appuntamenti andarono nello stesso modo.

Non ero delusa. L'importante per me era stargli accanto, in un modo o nell'altro.

Era molto di più di quanto mi aspettassi. Adoravo tutto di lui: i suoi discorsi, il suo modo di fare, la sua intelligenza e il suo carattere. Adoravo lui, e lo adoravo in silenzio.

Passarono giorni, settimane, e si venne a due mesi dal primo appuntamento.

Eravamo diventati inseparabili: andavamo insieme all'università, studiavamo insieme e uscivamo insieme. Tutto perfetto, escludendo quel piccolo particolare che rovinava tutto: ero innamorata di lui, perdutamente innamorata e non riuscivo a trovare il coraggio per dirglielo.

25. «Le tue labbra sulle mie»

Un giorno accadde, finalmente accadde.

Un bacio.

Un veloce e semplice bacio sulle labbra.

Non l'avevo cercato quel contatto con lui, era nato così: spontaneo.

Ma quel bacio... oh, quel bacio aveva capovolto tutto: ribaltato il bianco e il nero, il positivo e il negativo.

Non seguirono parole, solo un sorriso e un abbraccio.

Quello fu il bacio che non scorderò mai nella mia vita.

26. «Sei quello che desidero»

La sera successiva al bacio mi portò al mare.

Era incredibile quanto mi piacesse: in sua compagnia diventavo quasi un'altra persona. Io, che parlavo e ridevo in continuazione, davanti a lui, perdevo quasi la facoltà della parola.

Appena mi guardava per più di un secondo, arrossivo immediatamente e mi perdevo nei suoi occhi.

Non avevo mai provato qualcosa di simile prima di allora, nemmeno con Simone. Questo mi faceva venire parecchi dubbi: allora cosa era stata la mia lunga storia di quattro anni? Nulla?

Questo pensiero passò veloce nella mia testa e poi scomparve. Il passato non lasciava più nessuna traccia in me. Ora l'importante era lui. Lui era tutto quello che desideravo.

27. «Taci e amami»

Guardami dentro.

Osserva ogni mia singola cellula. Osservami bene e dimmi cosa vedi, dimmi cosa vedi dentro di me.

Amami per quello che sono, non per come appaio.

Amami senza limiti.

Amami come e quando vuoi, ma amami.

Regalami un posto nei tuoi pensieri, non mi interessa quanto dureranno. Taci e amami. Non importa quanto durerà, mi basta anche un minuto, un breve e fuggitivo minuto.

Resta in silenzio e ascolta i miei occhi. I miei occhi parlano di me, della mia vita, di quello che c'è stato prima di incontrarti. Non sono così impenetrabili i miei occhi, sai? Voglio che tu mi veda così: limpida e senza riserve. Non ti nasconderò nulla di me, abbandonerò le mie parole alle tue orecchie in un luogo silenzioso, così che tu possa udirle bene e non fraintendere nulla. Ma ti prego, guardami e ascoltami. Se qualcosa non ti sarà chiaro o se avrai dei dubbi, saprò chiarire tutto. Se ti sentirai troppo legato a me, allenterò pian piano la presa. Se non ti sentirai abbastanza legato a me, ti stringerò più forte.

Quando piangerai, piangerò insieme a te. Quando riderai, riderò divertita anche io. Quando avrai voglia di me, correrò io a cercarti. Quando non mi vorrai vedere sparirò per un po'.

Ma ora cerca di capire che vale la pena avermi a fianco.

Guardami dentro, osserva come sono: osserva la mia parte migliore e perdi la vista quando comparirà quella peggiore.

Guardami dentro.

Taci e amami.

28. «Avrei voluto»

Te l'avrei voluto dire quella sera. Sì, te l'avrei voluto dire.

Mentre guidavi per le strade di una periferia romana con il finestrino abbassato che faceva entrare fresca aria notturna scompigliando i miei capelli.

Avrei voluto spegnere lo stereo che suonava musica techno a volume altissimo, e nel silenzio più totale e improvviso avrei voluto dirti che ti amavo.

29. «Parlando tra amiche»

«Jessica, io non so più che fare... io lo amo, capisci: io mi sono innamorata. I-n-n-a-m-o-r-a-t-a».

«Splendido... peccato che lui non lo sappia».

«Però mi ha baciata...».

«E cosa significa? Che se ti ha baciata sa che tu lo ami?».

«No, però...».

«Però che? Mica se baci qualcuno vuol dire che lo ami».

«Ah, no?».

«No. E se qualcuno ti bacia non vuol dire che ti ami».

«Ecco, appunto... però se mi ha baciata vuol dire che gli piaccio...».

«Sì, certo. È ovvio che gli piaci. Sei una bella ragazza».

«Quindi non gli faccio schifo».

«Credo che tu non faccia schifo a nessuno, Fede».

«Allora ho speranze?».

«Diglielo».

«Cosa?».

«Che lo ami».

«Non ci riesco...».

«Fede... mica puoi continuare a 'sto modo... la vostra relazione non la capirebbe nemmeno un mago. Quando uscite di che parlate?».

«Di me, di lui... delle nostre storie...».

«E un voi non ci sta nei discorsi?».

«No...».

Jessica scosse la testa... dopo una breve pausa mi guardò e mi disse: «Tu lo ami?».

«Sì...».

«Ecco, diglielo prima che sia troppo tardi».

30. «Ti amo»

Dire ti amo. Come si fa a dire ti amo a qualcuno?

Non credo di averne il coraggio.

Ci sono dei modi per dirlo? Dei posti adatti per dire una cosa così importante?

Ma poi succede che certe cose le dici quando meno avresti pensato di dirle.

Venerdì sera.

Si va tutti a ballare. Il gruppetto universitario tutti insieme.

Traffico, tanto traffico.

Poi un semaforo.

Luce rossa.

File e file di macchine.

Guardo all'interno di esse e incrocio sguardi di persone che forse non conoscerò mai nella mia vita, di cui non saprò nemmeno il nome. Tra pochi istanti dimenticherò anche i loro volti, si nasconderanno in un angolo del mio cervello e poi verranno cancellati per sempre.

Mi accendo una sigaretta, ci sarà anche lui stasera. Ci sarà lui tra la folla. Lui tra luci intermittenti e musica alta.

Non faccio più caso se i miei tacchi a spillo siano lucidi oppure no. I tacchi a spillo lucidi non servono a nulla quando sei innamorata.

Locale.

Io e lui.

A ballare.

Vicini, troppo vicini... Mi bacia il collo. Sento il suo profumo. Amo il suo profumo. Chiudo gli occhi attaccando il mio corpo al suo. Uniti, io e lui... fammi stare così... sto bene così. Non voglio altro. Va bene così.

Mi bacia sulle labbra e così mi esce quel «ti amo»... così, con la musica alta tra la folla. Ti amo.

La sua espressione mi fa capire che quelle parole non erano giuste. Il mio ti amo per me era giusto, per te non è così... vero?

Mi prende per mano e mi porta di fuori. Si accende una sigaretta.

I nostri corpi non sono più uniti, non sono

nemmeno più vicini... anzi, ora sono troppo lontani.

«Fede... senti, io...».

«Tu non mi ami».

«No».

«Bene...».

«Come bene?».

«Io ti amo... va bene così».

«Come "va bene così"?».

«Non importa se tu non mi ami. Nessuno nega a me di amare te. Amarti mi basta, amare io te, solo così... non è necessario che tu ami me...».

«Ti voglio bene Fede, lo sai. Ma non riesco ad amarti... lo so, sono un cretino. Ma amo ancora la mia ex. È troppo presto, Fede... però ti voglio bene, lo sai. Lo sai che ti voglio bene, vero?».

«Certo».

Mi stringe a sé.

Stasera amerò la sua sincerità.

Amerò in silenzio.

Amerò te, amerò te senza ricevere nulla in cambio.

31. «Amati»

Anche quella fu una storia d'amore, a modo suo.

Fu un amore sincero.

Lo amai così... svegliandomi ogni mattina pensando a quanto quel sentimento riuscisse a farmi stare bene.

Il nostro rapporto rimase quello di una semplice amicizia, ma io lo amavo per quello che era riuscito a fare. Senza nulla di speciale aveva riportato in vita la vera Federica, aveva fatto battere di nuovo il mio cuore.

E quindi, cos'è l'amore? Perché l'amore ci distrugge tanto? Quando qualcosa può essere amata? Quando un sentimento ha il diritto di essere chiamato amore?

Nessun anello d'oro su un anulare, nessuna promessa valgono come i sentimenti. Un rapporto di sguardi durato un'ora può essere molto più bello e intenso di una storia durata anni.

Amare senza possedere vuol dire amare

veramente. Essere in grado di capire cosa desidera chi ti sta accanto, quale sia la scelta migliore da fare. Non mettere mai te stessa al centro del tuo mondo, non vivere mai unicamente per la tua felicità, perché tutto ciò non è altro che egoismo. Puro egoismo.

Non pretendere amore a tutti i costi: se dovrai ricevere amore lo avrai senza doverlo cercare e chiedere. Aspetta il tuo momento e quando sentirai battere forte il tuo cuore capirai tutto, e non avrai bisogno di parole per spiegare quello che provi.

Non ostentare la tua bellezza, agli occhi di chi ti amerà sarai sempre la più bella.

Non ti distruggere il tuo cuore per chi non ti ama, proverai solo dolore.

Non rinunciare mai all'amore.

Credi sempre nell'amore anche quando ti renderà triste.

Vivi soltanto i tuoi sentimenti con tranquillità.

Ama e conquisterai il mondo. Ama te stessa e sarai in grado di amare gli altri.

Indice